THE GREAT MAPLE CAPER - DEUTSCHE AUSGABE

WICKED GOOD MYSTERY SERIES

LUCY MAY

OHNE TITEL

»Ich bin sicher, dass in allem Magie steckt, nur haben wir nicht genug Verstand, sie zu erfassen und für uns arbeiten zu lassen.« -Frances Hodgson Burnett

KAPITEL EINS

MOIRA WICKED

Wir hatten am Wochenende einen heulenden Schneesturm. Für mich fühlte sich der späte Februar wie der tiefste Teil des Winters an. Zu diesem Zeitpunkt hatte der Schnee Charm Cove seit Monaten bedeckt. Obwohl die Tage länger wurden, war es zu dieser Jahreszeit an der Küste Maines bitterkalt.

An einem Morgen genossen Liam und ich Kaffee an der Küchentheke. Es war Sonntag, und Persnickety Potions & Gifts war tatsächlich geschlossen. Die einzige Zeit, in der wir den Laden sonntags schlossen, war während dieses kleinen Zeitfensters – nach den ersten Januarwochen bis zum Frühling. Die Touristen begannen in die Stadt zu strömen, sobald das Wetter wärmer wurde, aber wir hatten noch ein paar Monate Ruhe, bis es soweit war.

Es klopfte an der Tür. Liam warf mir einen Blick zu, als er von seinem Hocker an der Theke rutschte. Seine schwarzen Haare waren noch feucht von der Dusche. »Erwarten wir jemanden?«, fragte er.

Ich schüttelte den Kopf und nippte an meinem Kaffee. Als Liam die Tür öffnete, stand mein Bruder Gabriel davor. Gabriel und ich hatten die gleichen schwarzen Haare und grünen Augen, obwohl seine Wangen von der Kälte gerötet waren. Er sah aus, als wäre er durch den Schnee gestapft, denn seine Stiefel waren damit bedeckt, und sogar an seinem Jeansstoff klebte etwas davon.

»Komm rein«, sagte Liam und bedeutete ihm, durch die Tür zu treten.

Mein Kater Ghost hatte sich praktischerweise über der Tür auf seinem Lieblingsschlafbrett positioniert und ließ sich prompt auf Gabriels Schulter fallen, bevor er zum Boden hüpfte. Ghost war treffend benannt worden, nicht nur weil sein Fell weiß war, sondern auch wegen seiner Fähigkeit, scheinbar aus dem Nichts aufzutauchen.

Gabriel lachte und kniete sich hin, um Ghost zu streicheln. Mein ältester Bruder war erst vor wenigen Wochen nach Charm Cove zurückgekehrt, nachdem er in Kalifornien noch einige lose Enden von seinem Job zu erledigen hatte. Er hatte Liam offiziell aus dem Gärtnerhaus auf dem Grundstück meiner Eltern vertrieben. Da Liam zu diesem Zeitpunkt schon seit Monaten inoffiziell bei mir wohnte, war es keine große Veränderung.

»Kein Kaffee mehr?«, rief ich, während Gabriel den Schnee von seinen Stiefeln klopfte und sie an der Tür auszog.

»Nehme gerne welchen, wenn du anbietest«, antwortete er, als er sich der Theke näherte, »aber das ist nicht der Grund, warum ich hier bin.«

»Was gibt's?«, fragte Liam, während er zurück auf seinen Hocker glitt und auf den neben ihm klopfte.

Gabriel setzte sich neben Liam, streifte seine Jacke ab und hängte sie über die Rückenlehne des Hockers. Ich stand auf, um eine Tasse aus dem Schrank zu holen und sie mit Kaffee zu füllen. Als ich sie Gabriel reichte und auf meinen Platz ihm gegenüber zurückkehrte, nickte ich in Richtung Sahne und Zucker.

»Bedien dich. Also...«, ich ließ meine Worte ausklingen.

»Moment, lass mich erst einen Schluck Kaffee nehmen.« Gabriel gab einen Schuss Sahne hinzu und nahm einen großen Schluck, seufzte und warf mir ein Lächeln zu. »Köstlich. Du machst ihn immer schön stark.«

Ich kreiste mit der Hand in der Luft, um anzudeuten, dass er fortfahren sollte.

»Schon gut, schon gut. Ihr wisst ja, dass Ahornzucker-Saison ist, also hab ich die Bäume im Auge behalten. Letzte Woche habe ich ein paar Testanbohrungen gemacht und die Schwerkraftleitungen auf der Farm fertig installiert.«

»Stimmt, ich habe letzte Woche zwei Zapfhähne angebracht«, warf Liam ein. »Ich wollte heute nachsehen, wie es damit steht.«

Die Ahornzucker-Saison begann mitten im Winter, normalerweise irgendwann zwischen Mitte Februar und Mitte März. Das geschah überall in Neuengland und großen Teilen Kanadas. Ich wusste ein bisschen über die Ahornzuckergewinnung, obwohl ich keine Expertin war. Viele Familien machten es nur für sich selbst, während andere es als Nebengeschäft betrieben, und wieder andere hatten richtig große Betriebe.

Die Wicked- und die Good-Familien hatten eine Mischung. Meine Eltern zapften immer ein paar Bäume an und stellten jedes Jahr ihren eigenen Ahornsirup her. Mit seiner Rückkehr nach Hause hatte Gabriel beschlossen, das alte Ahornzucker-Geschäft wiederzubeleben, das stillgelegt worden war, als einer unserer entfernten Wicked-Cousins verstorben war. Das Grundstück hatte einfach nur dagestanden, und Gabriel hatte es nach dem Tod unseres Cousins geerbt.

In der Good-Familie betrieben Liams Eltern es genauso lässig wie unsere, aber sein Cousin Nathan Good, der den Beacon's Charm Leuchtturm verwaltete, führte ebenfalls ein Ahornzucker-Geschäft. Die Ahornzucker-Saison war für manche Leute in Maine ein ernsthaftes Geschäft.

Gabriel nahm noch einen Schluck Kaffee und fuhr sich mit der Hand durch die Haare. »Na ja, ich bin gespannt, ob deine Eimer überhaupt noch da sind.«

»Warum sagst du das?«, fragte Liam.

»Weil ich zu den beiden Bäumen gegangen bin, die ich dort getestet habe, wo wir es normalerweise auf dem Grundstück machen, und die Eimer sind weg. Die neuen Leitungen, die ich installiert habe, wurden durchgeschnitten. Mama sagte, ihre Eimer wären auch weg. Ihr wisst ja, dass sie ihren Lieblingsbaum direkt am Haus hat«, erklärte Gabriel.

»Hä?«, sagte ich. Meine Konversationsfähigkeiten waren an kalten Wintermorgen, an denen ich ausschlafen durfte, nicht gerade auf ihrem Höhepunkt.

Im Moment hielt ich das für eine leichte Kuriosität. Liam stand auf und ging in Richtung Hinterterrasse, schlüpfte an der Tür in seine Stiefel. »Ich schaue gleich nach«, rief er über seine Schulter, als er durch die Tür auf die hintere Terrasse trat.

Ich warf einen Blick zu Gabriel. »Glaubst du, das ist einfach zufällig passiert?«

»Nun, es ist ein ziemlich großer Zufall, dass meine Eimer und die von Mama gestohlen wurden.«

Ich nahm einen Schluck von meinem Kaffee und dachte, dass es wahrscheinlich nur ein Streich von irgendeinem Teenager war. Liam kehrte innerhalb von Minuten zurück und berichtete, dass auch seine beiden Zapfhähne ohne Eimer waren.

In Anbetracht der Tatsache, dass es hier von Hexen und Zauberern nur so wimmelte, könnte sicherlich jemand Unfug treiben, aber es war harmlos genug, wenn es nur um den Diebstahl von ein paar Safteimern ging.

Bis zum späten Nachmittag war klar, dass dies kein zufälliger Streich war. Mehrere der größeren Ahornzuckerbetriebe hatten gemeldet, dass jeder einzelne Ahornsafteimer verschwunden war und dass die Schwerkraftleitungen, die den Saft in die Systeme zur Sirupproduktion transportierten, durchgeschnitten worden waren. Dies war ein größerer Ahornsirup-Diebstahl und eine potenzielle finanzielle Katastrophe für die Ahornzuckerbetriebe.

Ahornsirup war ein boomender Geschäftszweig in ganz Neuengland. Wenn ich an Ahornsirup dachte, stellte ich mir immer diese alten Handelskarten vor, auf denen man die Pfeile sah, die den Globus umkreisten, um den Weg der Waren anzuzeigen. Ahornsirup ging von Neuengland und Kanada in die ganze Welt.

Die Leute waren einfach ratlos. Wer in aller Welt stahl massenweise rohen Ahornsaft?

Das Ahornbonbon-Geschäft in der Stadt war in heller Aufregung. Es war ein solcher Tumult, dass eine Gemeindeversammlung einberufen und in Enchanted Spirits abgehalten wurde. Eine Bar wurde als

Ort gewählt, weil die Leute so gestresst waren, dass sie etwas zu trinken brauchten.

Am Ende des Abends hatte Nathan Good das Ereignis Der große Ahorn-Streich getauft. Er war ziemlich betrunken, als er diese Verkündung machte, aber der Name passte.

KAPITEL ZWEI

Als ich die Tür zum Café Magic Beans aufstieß, schaute ich mich um, während die Glocke hinter mir klingelte. Es war voll heute Morgen, aber das hatte ich erwartet. Ich zweifelte keine Sekunde daran, dass die Spekulationen und der Klatsch von gestern Abend in der Bar Enchanted Spirits sich auf heute Morgen übertragen hatten. Ich stellte mich an der Theke an, um meinen Kaffee zu bestellen, und fragte mich, ob Zoe wie üblich hier sein würde, um mich zu treffen.

Sie beantwortete meine Frage selbst, als ich ein Tippen auf meiner Schulter spürte. Als ich mich umdrehte, begegnete ich ihrem breiten Lächeln. »Guten Morgen.«

»Morgen, ich hab mich gerade gefragt, ob du es schaffen würdest.«

Die Schlange rückte ein Stück vor, und Zoe nickte. »Ich hab's geschafft. Gestern Abend war es etwas später als sonst für einen Wochentag, aber Daniel ist früh aufgestanden, um zur Wache zu kommen, und er hat mich hier abgesetzt.«

Zoe war meine beste Freundin und mit dem Polizeichef von Charm Cove, Daniel Levesque, verheiratet. Wir hatten einen festen Kaffeetermin zweimal die Woche, obwohl es insofern lässig war, als dass manchmal einer von uns nicht kommen konnte, und wir uns keine Sorgen machten, wenn das passierte. Ich war ein großer Fan von pflegeleichten Freundschaften – solchen Freunden, die immer da waren, wenn man sie brauchte, aber einem nicht auf die Nerven gingen, wenn das Leben die Pläne durchkreuzte.

Wir erreichten die Theke, und Sarah Glen lächelte uns hinter der Kasse an. Sarah schaffte es irgendwie, fröhlich zu sein, egal wie früh sie zur Arbeit kam. In Anbetracht der Tatsache, dass Magic Beans um halb sechs Uhr morgens öffnete, musste ich ihr für ihre Einstellung Respekt zollen. Ihr blondes Haar war zu einem Pferdeschwanz zurückgebunden, und ihre blauen Augen wirkten wach, also nahm ich an, dass sie ihren morgendlichen Kaffee bereits getrunken hatte. »Morgen, Ladys. Was kann ich euch heute Morgen bringen? Bevor ihr fragt, wir haben keine Maple Sugar Lattes mehr.«

Zoe seufzte. »Das ist mein Lieblingsgetränk.«

»Ich weiß. Glaub mir, es steht auf der Favoritenliste vieler Leute«, antwortete Sarah.

Sie schaute erwartungsvoll zwischen uns hin und her, also bestellte ich. »Ich nehme einen Americano mit einem extra Schuss Espresso.«

»Ich nehme einen Karamell-Latte«, fügte Zoe hinzu.

Während Sarah unsere Kaffees zubereitete, fragte ich: »Woher bekommt ihr normalerweise euren Ahornzucker?«

»Wir kaufen lokal. Von Nathans Laden, Maple Staple und Munns Maple. Sie liefern wöchentlich zu dieser Jahreszeit. Wir haben noch etwas Restbestand, aber meine Mutter wollte, dass wir ihn zurückhalten und nicht aufbrauchen. Habt ihr etwas gehört?«, fragte sie, als sie mir meinen Kaffee reichte.

»Nichts seit gestern Abend.« Mit einem Blick zu Zoe fragte ich: »Irgendwelche Neuigkeiten von Daniel?«

Zoe schüttelte den Kopf. »Nicht bevor ich heute Morgen zur Arbeit gegangen bin. Er vermutete, dass er den ganzen Morgen damit verbringen würde, Polizeiberichte aufzunehmen, bei der Anzahl der Leute, die verärgert waren, dass ihre Saftbehälter gestohlen wurden.«

Sarah reichte Zoe ihr Getränk und rechnete schnell ab, wobei sie in letzter Minute noch zwei Blaubeer-Scones hinzufügte. »Ich hoffe sehr, dass wir es herausfinden. Vorübergehend keine Maple Sugar Lattes anzubieten, ist nichts im Vergleich zu dem, womit einige andere Leute zu kämpfen haben«, bemerkte Sarah.

Nachdem wir bezahlt hatten, schnappten Zoe und ich uns einen Tisch in der Ecke. Ich nahm einen Bissen von meinem Scone und schaute zu Zoe hinüber. »Ich habe nie wirklich darüber nachgedacht, wie viel Geld die Ahornzuckerherstellung für einige Familien in der Stadt einbringt. Es ist nicht so, dass ich nicht wusste, dass es hier zwei große Unternehmen gibt, aber ich hatte keine Ahnung, wie viele Leute das im kleinen Maßstab machen und damit Geld verdienen. Dass jemand den ganzen Saft stiehlt, ist das Verrückteste.«

Zoe nahm einen Schluck von ihrem Kaffee. »Ich weiß. Irgendwelche Ideen?«

Ich schüttelte den Kopf. »Keine. Es scheint nicht das Effizienteste zu sein, was man stehlen kann, was mich fragen lässt, ob Magie damit zu tun hat.«

Zoe nickte, ihre braunen Locken wippten. »Genau mein Gedanke. Entweder das, oder ein paar Kinder machen Blödsinn. Ich kann mir niemand anderen vorstellen, der herumläuft und so viele Saftbehälter stiehlt.«

»Hallo, Mädels«, rief meine Mutter.

Zoe und ich blickten auf und winkten. Meine Mutter stand mit meiner Tante Lea in der Schlange. Es war bitterkalt heute Morgen, und beide waren für das Wetter gekleidet mit langen Wollmänteln, Schals und passenden Handschuhen.

Zoe fing meinen Blick auf und zwinkerte. »Ich vermute, wir bekommen gleich Gesellschaft.«

Ich grinste. »Natürlich. Ich habe aber nicht mehr viel Zeit, und ich hoffte, bei Daniel vorbeizuschauen, bevor ich den Laden öffne.«

»Ich komme mit dir«, bot Zoe an. »Du weißt, dass er immer gesprächsbereiter ist, wenn ich da bin, um ihm ein schlechtes Gewissen zu machen.«

Ich brach in Gelächter aus. »So wahr.«

Ich genoss gerade einen weiteren Bissen meines Scones, als meine Mutter und Lea am Tisch neben uns ankamen.

»Hallo, Mädels«, begann Lea und warf ihren Zopf über die Schulter. Obwohl sie Schwägerinnen waren, hatten meine Mutter und Lea ähnliches schwarzes Haar mit silbernen Strähnen. Meine Mutter trug ihres meist offen, während Lea ihres üblicherweise zu einem Zopf flocht oder zu einem Knoten drehte.

Die grünen Augen meiner Mutter leuchteten, als sie mich anlächelte und sich auf einen Stuhl setzte, um unserem Tisch zugewandt zu sein. »Wir haben Neuigkeiten.«

»Was denn?«, fragte Zoe und steckte sich einen Bissen ihres Scones in den Mund.

»Letzte Nacht bei Munns Maple haben sie einen Haufen Jugendliche von der High School erwischt, die auf der anderen Seite des Grundstücks gefeiert haben.«

»Und sie hatten einige der Behälter von verschiedenen Orten. Nicht alle, aber genug«, fügte Lea hinzu.

»Ihr denkt, es ist so einfach? Nur Kinder, die Blödsinn machen?«, fragte Zoe.

Meine Mutter hob die Schulter zu einem kleinen Achselzucken, ihr Blick nachdenklich. »Ich weiß nicht. Aber es ergibt mehr Sinn, dass eine Gruppe Kids beteiligt war als nur eine Person. Soweit ich verstehe, haben mehr als zwanzig Leute gestohlene Saftbehälter gemeldet und drei große Produzenten, Nathans Laden, Maple Staple und Munns Maple. Natürlich gibt es auch den Betrieb deines Bruders, aber er fängt dieses Jahr erst an.« Meine Mutter blickte zu Zoe. »Hat Daniel mit allen größeren Betrieben in der Stadt gesprochen?«

Zoe nahm einen Schluck Kaffee und schüttelte den Kopf. »Es ist noch nicht mal neun Uhr morgens. Bevor er heute Morgen zur Arbeit ging, wusste er nicht mehr als der Rest von uns gestern Abend bei Enchanted Spirits.«

»Wir gehen in ein paar Minuten dorthin. Ich muss eine offizielle Anzeige erstatten, weil unsere Behälter gestohlen wurden. Ihr zwei solltet auch mitkommen, falls niemand anderes gemeldet hat, dass diese Kinder letzte Nacht gefunden wurden.«

———

Ein scharfer Wind blies vom Atlantischen Ozean herein und fegte durch die Straßen der Innenstadt von Charm Cove. Da die Stadt auf einer Klippe über dem Ozean lag, konnten die Winter an windigen

Tagen unbarmherzig sein. Ich wickelte meinen Mantel fester um meine Schultern, während wir die zwei Blocks von Magic Beans zur Polizeistation gingen.

Das stattliche, quadratische Granitgebäude stand ruhig an der Ecke. Erleichterung durchströmte mich, als wir eintraten und die Wärme uns umhüllte. Es war nicht so, als ob sie die Polizeistation von Charm Cove übermäßig heizten, aber draußen war es eisig. Die Empfangsdame, Anna Goodness, schaute auf und lächelte. Die Familie Goodness war ein Ableger der Familie Good und voller Hexen und Zauberer. Anna selbst war eine alte Hexe. Als Empfangsdame in der Polizeistation, so lange ich mich erinnern konnte, hielt sie ein niedriges Profil, aber ihre Familie war ziemlich mächtig.

»Nun, hallo, meine Damen. Lasst mich raten, ihr seid hier, um offizielle Berichte über eure fehlenden Ahornzapfbehälter einzureichen?«

Lea trat an den Schreibtisch, stützte eine Hand auf die Hüfte und nickte. »Natürlich. Wurde heute schon etwas anderes gemeldet?«

Anna schüttelte den Kopf. »Noch nicht. Wir hatten einen geschäftigen Morgen. Ihr würdet nicht glauben, wie vielen Leuten ihr Saft gestohlen wurde.«

»Hat Daniel jetzt Zeit, uns zu treffen?«, warf Zoe ein.

Zoes Anwesenheit war wahrscheinlich das Einzige, was uns heute Morgen ein persönliches Gespräch mit Daniel einbringen würde. Anna lächelte sie an. »Für dich natürlich.«

Sie machte eine Pause, um einen Anruf entgegenzunehmen und gleichzeitig Daniel zu rufen. Meine Mutter blickte herüber und zwinkerte Zoe zu. »Ich bin sicher, Daniel ist beschäftigt, aber wir schätzen es, dass du uns reinbringst.«

Während wir warteten, zählte ich gedankenverloren die abwechselnden schwarzen und weißen quadratischen Fliesen auf dem Boden. Die Polizeistation war in einem schönen alten Granitgebäude untergebracht, und das Innere war schlicht praktisch mit weißen Wänden und gefliesten Böden. Die einzigen Dekorationen, wenn man sie überhaupt so nennen konnte, waren Zertifikate und Lizenzen, die an den Wänden hingen. Abgesehen von Annas Schreibtisch gab es einen Tisch in der Ecke mit Broschüren und Plastikstühlen zum Sitzen.

Kurz darauf öffnete sich die Tür zum hinteren Bereich, und Daniel steckte den Kopf heraus. Mit seinem dunklen Haar und dunklen Augen war er ein gutaussehender Mann. Zoe vergötterte ihn, was praktisch war, da sie verheiratet waren. Er erwiderte diese Zuneigung. Ab und zu äußerte er seinen Frust darüber, Ermittlungen in einer Stadt durchzuführen, die bis zum Rand mit Hexen und Zauberern gefüllt war.

Ich vermutete, dass das unter den besten Umständen schwierig wäre. Glücklicherweise war er mit einer Hexe verheiratet, und einige seiner Familienmitglieder waren Hexen und Zauberer. Als solcher hatte er etwas mehr Akzeptanz für die Situation als viele andere ohne übernatürliche Kräfte.

Mit einem schiefen Lächeln begleitete er uns vier in sein Büro. Sobald die Tür geschlossen war, wandte er sich an meine Mutter und Lea und fragte: »Kann ich Ihnen Damen einen Kaffee anbieten?«

Meine Mutter schüttelte den Kopf, lockerte ihren Schal und setzte sich an einen kleinen runden Tisch, auf den er deutete. Lea gesellte sich zu ihr und schüttelte ebenfalls den Kopf. Bevor Zoe und ich überhaupt die Chance hatten, uns zu setzen, begann Lea mit einer Erklärung über die Kinder, die spät in der letzten Nacht beim Feiern erwischt worden waren. »Haben Sie davon schon gehört?«, fragte sie nach ihrer schnellfeuernden Zusammenfassung.

Daniel nickte. »Ich hatte noch keine Gelegenheit, dort hinzufahren, aber Howard Munns hat mich heute Morgen als Erstes angerufen, um dies zu melden. Wie Sie sich sicher vorstellen können, hatte ich einen geschäftigen Morgen. Gab es noch etwas anderes, das Sie melden wollten?«, fragte er höflich mit einem Funkeln in den Augen.

Meine Mutter und Tante neigten dazu, jeden herumzukommandieren, einschließlich des Polizeichefs. Größtenteils war er ziemlich tolerant gegenüber dieser Art, obwohl er gelegentlich einige Grenzen setzte.

»Nun, ich nehme an, wir sollten offiziell eine Anzeige für unseren gestohlenen Saft erstatten. Wirst du auch eine Anzeige erstatten, Moira?«, fragte Lea.

»Es sind nur zwei Behälter, die hinter unserem Haus fehlen, aber ich dachte, wir sollten es tun, nur damit es in der Akte steht. Da, das ist meine Anzeige«, antwortete ich.

Daniel beugte sich vor, um ein Computer-Tablet von seinem Schreibtisch zu nehmen, und tippte schnell meine Anzeige ein. Nachdem er die Berichte von meiner Mutter und Lea aufgenommen hatte, blickte Lea zu Zoe. »Und was ist mit dir, Liebes? Hast du eine Anzeige?«

Zoe brach in Gelächter aus, und Daniel verdrehte die Augen. »Falls Sie es vergessen haben, wir sind verheiratet. Uns fehlen tatsächlich vier Behälter. Ich habe sie offiziell registriert, keine Sorge«, sagte er und warf Zoe einen Augenzwinkerer zu.

Lea und meine Mutter standen auf. »Nun, in diesem Fall sind wir wohl fertig. Du wirst uns auf dem Laufenden halten, oder?«, fragte meine Mutter.

»Ich werde Sie über alle Informationen auf dem Laufenden halten, die ich öffentlich zugänglich machen kann«, antwortete Daniel in einem sachlichen Ton.

Lea schnaubte und warf ihren roten Schal über die Schulter. »Bitte tun Sie das, Daniel. Wie immer werden wir Sie absolut wissen lassen, wenn wir etwas Neues erfahren.«

Daraufhin verließen sie den Raum in einem Wirbel aus Wollmänteln und leicht verärgerten Einstellungen. Sobald die Tür hinter ihnen geschlossen war, grinste Zoe. »Vielleicht sollten wir Lea überreden, dass sie bei der nächsten Stadtwahl als Polizeichefin kandidieren sollte.«

Daniel stöhnte und schüttelte den Kopf. »Ich muss sie schon managen, aber sie meinen es beide gut, und ich schätze das. Noch etwas hinzuzufügen?«, fragte er und schaute zwischen uns hin und her.

»Ich glaube nicht. Weißt du sonst noch etwas? Ich meine, das du uns vielleicht erzählen könntest«, stellte ich klar.

Daniel lachte, als er sein Computer-Tablet zurück auf seinen Schreibtisch stellte. »Nichts, was ihr nicht schon wisst. Zwanzig Leute sind heute Morgen bisher hereingekommen. Die meisten Berichte werden als Bagatelldiebstahl eingestuft, aber wir haben jetzt vier Großbetriebe, deren gesamter Ahornzapfvorrat durch dies ausgelöscht wurde. Es handelt sich mittlerweile um eine Straftat auf Deliktebene.«

Sein Telefon begann zu klingeln. Er stieß sich von seinem Schreibtisch ab, zog Zoe für einen schnellen Kuss an seine Seite und winkte uns dann hinaus.

Als Zoe und ich zusammen die Straße entlanggingen, blickte ich zu ihr hinüber. »Nun, ich werde heute im Laden besonders neugierig sein.«

»Ich glaube, jeder wird besonders neugierig sein. Das war ein Schlag, und er zielte nicht nur auf die Hexenfamilien. Apropos«, sagte sie und machte eine Pause, als wir an der Ecke anhielten, wo sie abbiegen würde, um zur Mittelschule zu gehen, an der sie als Lehrerin arbeitete. Sie strich sich eine lose Locke aus den Augen, als eine Windböe sie wild wehen ließ. »Das lässt mich denken, dass wir es vielleicht nicht mit Hexen zu tun haben.«

»Vielleicht nicht, aber wenn es nur Vandalismus ist, dann ist das eine Menge Vandalismus. Besonders wenn es diese Kinder sind.«

»Ich weiß, aber dann ist es schwer zu wissen, was Sinn macht, wenn das Verbrechen so bizarr ist. Ich meine, Ahornzapf in großen Mengen ist nicht sehr nützlich, es sei denn, man hat die Ausrüstung, um etwas damit zu machen.«

Eine weitere Windböe blies, und ich zitterte. »Richtig. Irgendwie werden wir es herausfinden. Ich muss zum Laden. Wir sehen uns bald, okay?«

Zoe nickte und winkte, bevor sie eilig davonging.

KAPITEL DREI

An diesem Nachmittag war in Persnickety Potions & Gifts viel los. Diese Jahreszeit war normalerweise die geschäftsschwächste. Der Laden verkaufte eine Vielzahl von Geschenkartikeln, Schmuck und als Kräutermedizin getarnten Zaubertränken. Er befand sich seit Jahrhunderten in Familienbesitz, und wir verdienten seit seiner Gründung ordentlich Geld. Ab und zu hatten wir einige echte magische Gegenstände, die leicht mit Zaubersprüchen versehen waren, wie dekorative Zauberstäbe und Kerzen, obwohl alles mit einem New-Age-Anstrich vermarktet wurde. Unser Geschäft war in den letzten Jahrzehnten mit dem wiederauflebenden Interesse an allem Spirituellen förmlich explodiert. Die Leute wussten nicht, dass wir hier wahre Magie abfüllten und verkauften. Es diente alles dem Guten, also war es für alle ein gutes Geschäft.

Charm Cove, Maine, war eine Hochburg von Hexen und Zauberern. Die Stadt wurde von den Wickeds und den Goods gegründet. Ja, ich war eine Wicked, aber ich war nicht *böse*. Unsere Familien waren während der Hexenprozesse aus Salem, Massachusetts, geflohen und hatten vor ein paar Jahrhunderten diese kleine Hexenenklave gegründet. Ich hatte das Glück oder den Fluch, je nachdem, wie man es betrachtete, von unglaublich stolzen und mächtigen Hexen und Zauberern abzustammen.

Ich blickte auch meiner angeblichen *Bestimmung* entgegen. Nach einem Jahrhundert eskalierender Fehden zwischen den Wickeds und den Goods aufgrund einer misslungenen Ehe hatten zwei Matriarchinnen mit uralter Macht einen Zauber gewirkt, der vorschrieb, dass ein Wicked und ein Good in jedem Jahrhundert heiraten mussten, um den Frieden zwischen den Familien zu wahren.

Zu viel Macht, die sich gegen andere richtete, war ein Problem für die übernatürliche Welt. Die beiden Familien waren riesig und weitverzweigt, mit Verbindungen in jeder Hexengemeinschaft weltweit. Es gab mehr als genug von uns, damit jedes Jahrhundert eine Ehe stattfinden konnte, ohne dass man sich Sorgen über sich kreuzende Blutlinien machen musste. Dieser Zauber hatte seinen Zweck erfüllt und die aufgewühlten Wasser zwischen unseren beiden mächtigen Familien beruhigt. Soweit ich mich erinnern konnte, hatte man mir immer gesagt, dass es mein Schicksal sei, Liam Good zu heiraten. Der Name Moira bedeutete nämlich Schicksal. Unsere französische, irische und keltische Abstammung war bis heute stark ausgeprägt, und so kam der Name in unsere Familie.

Ich war letztes Jahr zufällig nach Hause zurückgekehrt und hatte mich schließlich mit Liam versöhnt, den ich einst auf eine Weise geliebt hatte, wie es nur die Jugend erlaubt – ungestüm, leidenschaftlich und ohne nachzudenken. Mit meinem Verstand und einigen Jahren Weisheit im Gepäck fand ich es eigentlich ein Glück, dass ich Liam tatsächlich liebte, denn unsere Familien hätten uns wahrscheinlich in einen Keller gesperrt und zur Heirat gezwungen, wenn wir nicht von selbst wieder zueinander gefunden hätten. Das also ist die Kurzfassung der Geschichte von Charm Cove und meiner Bestimmung.

Ich war noch nicht verheiratet, aber verlobt. Liam und ich lebten vorerst in wilder Ehe, und unsere Familien waren mehr als bereit, darüber hinwegzusehen. Hexenfamilien konnten manchmal regelrecht *anständig* sein, aber sie waren alle so erleichtert, dass wir wieder zueinander gefunden hatten, dass niemand ein Wort sagte.

Nach meiner Rückkehr nach Charm Cove hatte ich auch die Leitung von Persnickety Potions & Gifts übernommen. Da dieses

Geschäft schon so lange in meiner Familie war, besaßen wir alle Buchhaltungsunterlagen seit seiner Gründung. Daher wusste ich, dass von Ende Februar bis Anfang März tatsächlich eine schwache Zeit für den Laden war und das seit Jahrhunderten so gewesen war. Zu dieser Jahreszeit hielt der Winter Charm Cove fest in seinem eisigen Griff. Außerdem war es genau die Zeit, in der es anfing, etwas wärmer zu werden, was dazu neigte, ein Gefühl der Ungeduld zu erzeugen.

Schnee bedeckte die kleine Stadt, und im Meer trieben Eisschollen in Ufernähe. An wirklich kalten Tagen, wenn der Wind bitter war, gefror das salzige Wasser auf den Felsen, wenn die Wellen gegen sie schlugen. Normalerweise waren nicht allzu viele Menschen unterwegs. Obwohl es gelegentlich Besucher von außerhalb gab, war es nichts im Vergleich zum Verkehr im Sommer.

Trotzdem kamen heute ständig Einheimische in den Laden. Jeder hatte Fragen zu dem verschwundenen Ahornsirup und kleine Gerüchte über seine Verdächtigungen zu verbreiten. Isobel Martin, eine mäßig mächtige Hexe, schaute vorbei. Ich hätte wissen müssen, dass sie vorbeikommen würde. Wenn es jemals eine Situation in der Stadt gab, in der sie es nicht schaffte, sich mittendrin zu platzieren, wäre ich überrascht gewesen. Beim letzten Vorfall kurz vor Weihnachten, als das Leuchtturmlicht erloschen war, war sie überraschenderweise bei all dem lokalen Geplapper abwesend. Erst im Nachhinein erfuhr ich, dass sie die ganze Zeit außerhalb des Bundesstaates bei ihrer Familie zu Besuch war.

Seitdem war sie mehrmals vorbeigekommen, um mit mir darüber zu plaudern, wenn auch nur, um ihre kleine Portion Klatsch zu bekommen. Nach den Ereignissen der letzten Tage war ich absolut nicht überrascht, als sie hereingerauscht kam.

Isobel erinnerte mich immer an eine kleine Henne. Das meinte ich auf die netteste Art und Weise. Ich fand Hennen eigentlich ganz süß. Mit ihrem kurzen, flauschigen braunen Haar, ihren braunen Augen und ihrer leicht rundlichen Figur stellte ich mir vor, dass sie in einem anderen Leben eine Henne gewesen war. Sie stammte aus einer ziemlich alten Hexenfamilie, aber sie waren nicht besonders diszipliniert. Über die Generationen hinweg hatten sie ihre Kräfte nie wirklich verfeinert. Isobel war keine Ausnahme; sie sprach gelegentlich Zaubersprüche zum Spaß, genoss es aber ansonsten hauptsächlich, dass sie durch ihren Status als Hexe das Gefühl hatte, Teil von Charm Cove zu sein.

»Hallo, Moira«, rief sie, als die Tür hinter ihr zuschlug. Sie machte eine Show daraus, sich im Laden umzusehen, als ob sie tatsächlich etwas kaufen wollte.

Ich beendete den Kassiervorgang mit einer anderen Kundin, die für einige Tränke vorbeigekommen war. Sobald die Frau gegangen war, steuerte Isobel schnurstracks auf mich zu und stellte sich vor mir an den Tresen.

»Ich bin heute Morgen direkt zu Daniel auf die Polizeiwache gegangen. Mein gesamter persönlicher Ahornsirup wurde gestohlen. Es ist nicht nur ein Hobby für mich. Ich stelle Sirup und Süßigkeiten her und verteile sie an fast jeden in meiner Familie. Ich muss ihn für nächstes Jahr und für Geschenke im Sommer bereit haben, wenn Leute zu Besuch kommen«, erklärte sie mit weit aufgerissenen Augen.

Ich bezweifelte nicht, dass die Ahornzuckerherstellung für Isobel mehr als ein Hobby war. Sie war in Charm Cove für ihre Kochkünste bekannt.

»Es tut mir so leid, das zu hören. Ich war auch dort. Liam und ich hatten nur zwei fehlende Eimer, aber trotzdem. Wir müssen alle unseren Teil beitragen, nicht wahr?«

Isobel liebte es, das Gefühl zu haben, Teil von etwas zu sein, und ich genoss es, ihr das Gefühl zu geben, noch mehr dazuzugehören. Ich mochte sie wirklich, aber ich fand es auch praktisch, dass sie mit mir reden wollte. Sie würde mir so ziemlich alles erzählen. In Zeiten wie diesen war das nützlich.

Sie nickte zu meinem Kommentar. »Hast du von diesen Kindern gehört, die bei Munns Maple gefeiert haben? Denkst du, sie hatten damit etwas zu tun?«

»Ich habe davon gehört. Es scheint eine Möglichkeit zu sein, aber man weiß ja nie. Ich bin mir immer noch nicht sicher, wie sie in der Stadt herumlaufen und so viel Sirup stehlen könnten.«

Isobel spitzte die Lippen und legte den Kopf zur Seite. »Ich dachte dasselbe. Ich meine, ich habe Daniel gesagt, dass es logisch wäre, wenn ein Konkurrent versuchen würde, die Konkurrenz auszuschalten. Denkst du nicht auch?«

»Das macht sicherlich Sinn, aber bisher scheint es, als wären alle großen Vertreiber betroffen.«

Sie nickte zustimmend. »Da ist auch noch der alte Tom Lewis, dessen Grundstück vor Gericht verhandelt wird. Was ist mit ihm?«

Es passte zu Isobel, neugierig genug zu sein, um das irgendwie zu wissen. Tom Lewis war ein alter Zauberer, dessen Frau Hettie Lewis vor einigen Jahren verstorben war. Vor ihrem Tod hatten sie ein Ahornsirupgeschäft geführt.

»Woher weißt du, dass sein Grundstück vor Gericht verhandelt wird?«, fragte ich. Meine Neugier war definitiv geweckt.

»Oh, wenn du dich erinnerst, gehörte das Grundstück ursprünglich ihrer Familie. Als sie vor ein paar Jahren starb, war die Grundstücksurkunde so formuliert, dass bei ihrem Tod vor ihm das Grundstück an ein Familienmitglied zurückgehen musste. Da sie keine Kinder hatten, bedeutete das ihre Familie.«

»Oh, wo ist ihre Familie?«

»Direkt hier in der Stadt. Das Grundstück ist definitiv einiges wert. Der Ahornsirupbetrieb ist seit Jahren nicht mehr in Betrieb, aber es ist sicherlich etwas wert. Jedenfalls wollte einer ihrer Cousins ihm Miete berechnen, um dort zu leben. Kannst du das glauben?«, fragte sie, sichtlich entsetzt über die Idee.

Ich konnte nicht behaupten, Tom gut zu kennen, aber er war ein ruhiger Mann, der sich um seine eigenen Angelegenheiten kümmerte. Er hatte seine verstorbene Frau vergöttert, was ich nur wusste, weil er jedes Jahr treu in unseren Laden gekommen war, um ein Schmuckstück für ihren Hochzeitstag zu kaufen. Ich hasste es zu hören, dass er aus dem Haus gedrängt wurde, das er mit Hettie geteilt hatte. Er musste jetzt fast neunzig Jahre alt sein, und es schien einfach nicht richtig zu sein.

Isobel fuhr fort: »Er versuchte, sie auszuzahlen, aber dann versuchten sie, ihn zu vertreiben. Es wird seitdem vor Gericht verhandelt. Er könnte das Geld sicherlich gebrauchen, wenn er das Ahornsirupgeschäft wieder in Gang brächte.«

Die Glocke über der Tür klingelte und kündigte die Ankunft von

Kunden an. Eine kleine Gruppe kam herein und brachte einen Wind-stoß mit. Sie schienen von außerhalb zu sein. Charm Coves Touristen wurden im Winter zu einem Rinnsal, aber ein Skigebiet in einer nahe-gelegenen Stadt schickte gelegentlich Leute zum Einkaufen hierher. Ich vermutete, dass diese Gruppe von dort kam. Sie waren gekleidet, als kämen sie direkt aus einem Katalog für Outdoor-Bekleidung.

Isobel blickte in ihre Richtung und lächelte mich dann an. »Ich sollte wohl gehen. Das ist alles, was ich über die Situation weiß. Ich habe Daniel auch über die Grundstückssituation für Tom informiert«, sagte sie mit leiser Stimme, als sie sich über den Tresen beugte.

»Lass es mich wissen, wenn dir noch etwas einfällt«, bot ich mit einem Lächeln an.

Sie knöpfte ihren Mantel zu und zog ihre Handschuhe an, bevor sie sich mit einem Winken abwandte. Ich wandte meine Aufmerksamkeit den Kunden zu und verbrachte einige Zeit damit, ihnen unsere Zauberstäbe und einigen Schmuck zu zeigen. Heute standen meine jüngeren Zwillingscousinen nicht auf dem Plan, um nach der Schule zu kommen. Im Winter arbeiteten sie nur an drei Nachmittagen pro Woche. Diese Kundengruppe hielt mich bis zur Schließzeit beschäftigt.

Liam kam kurz bevor sie gingen. Ich warf ihm ein schnelles Lächeln zu und spürte einen kleinen Hitzeschub, als er zurückzwin-kerte. Während ich den letzten Kunden abrechnete, schlenderte er durch den Laden und richtete hier und da die Regale. Nachdem sie gegangen waren und ich die Tür abgeschlossen hatte, lehnte er sich an den Tresen, während ich die Summen für den Tag zusammenrechnete.

»Irgendwelche Neuigkeiten?«, fragte er.

»Nicht viel. Zoe und ich sind heute Morgen auf Mama und Lea gestoßen. Wir haben erfahren, dass einige Kinder beim Feiern bei Munns Maple erwischt wurden. Sie hatten einige der gestohlenen Eimer in der Nähe. Obwohl es sich nur um Kinder handeln könnte, die Unfug treiben, hat mir Isobel zufällig einen noch besseren Hinweis gegeben.«

»Was denn?«

»Tom Lewis ist anscheinend in einen Rechtsstreit über das Grund-stück verwickelt, auf dem er und Hettie so lange gelebt haben, wie ich mich erinnern kann. Laut Isobel verlangte die Urkunde, dass das Grundstück an Hetties Familie zurückgehen sollte, wenn sie keine Kinder hätten. Isobel denkt, er könnte schnelles Geld brauchen. Er hat die Ausrüstung, um mit all dem Ahornsirup etwas anzufangen, weil sie jahrelang dieses Geschäft geführt haben.«

Ich schaltete die Registrierkasse aus und blickte hinüber. Liams blaue Augen verengten sich, als er über Isobels Information nachdachte. »Es ist sicherlich möglich. Ich vermute, Isobel hat Daniel bereits informiert.«

»Natürlich hat sie das«, sagte ich mit einem Lächeln. Ich machte vielleicht Witze über Isobel, aber ihre Neugier war manchmal hilfreich.

Es klopfte an der Vordertür des Ladens. Liam drehte sich um und blickte durch die Fenster. Die Sonne ging unter, aber es war noch genug Licht, um Nathan Good, Liams Cousin, zu sehen, der durch die Glastür schaute.

»Hast du etwas dagegen, ihn reinzulassen?«, fragte ich.

Liam schüttelte den Kopf und ging zur Tür. Nachdem Nathan hereingekommen war, schloss Liam den Eingang wieder ab. »Was gibt's?«, fragte er, als sie auf mich zukamen.

Nathan sah müde aus, fuhr sich mit der Hand durch die Haare und seufzte, als er den Tresen erreichte. »Ich habe dein Auto vor der Tür gesehen und dachte, ich schaue mal rein. Ich war bei Hardware Charm, um ein paar Sachen zu besorgen, um das kaputte Tor bei Mystic Maple zu reparieren. Ich dachte, ich sehe nach, ob jemand seit gestern Abend etwas gehört hat«, erklärte er.

Als Liam mich ansah und eine Augenbraue hochzog, fasste ich schnell die Informationen zusammen, die ich erhalten hatte. »Alles nur Vermutungen natürlich. Es ist ein Anfang. Einerseits bezweifle ich, dass es die Kinder waren, aber andererseits, es gibt einen Haufen von ihnen. Sie könnten in der ganzen Stadt herumlaufen, um den Ahornsirup zu stehlen. Ich kann mir kaum vorstellen, dass eine Person all das getan hat, es sei denn, sie hat einen Zauber gewirkt.«

»Stimmt. Das ist viel Arbeit für Spaß und Spiel. Wie schlimm sieht es auf der Farm aus?«, fragte Liam.

Nathan schüttelte langsam den Kopf. »Nicht gut. Mein gesamter

Vorrat wurde ausgelöscht, und sie haben einige der Zuleitungen beschädigt. Es ist nicht schrecklich, aber es wird ein paar Tage dauern, bis alles wieder läuft. Ich werde auch einige Sicherheitskameras aufstellen. Ich denke, wenn jemand versucht, das noch einmal zu tun, werden wir ihn entweder erwischen, oder wir werden wissen, dass er Magie hat, weil wir ihn nicht erwischen werden.«

»Macht Sinn«, kommentierte Liam.

Ich schloss die Registrierkasse und steckte das Bargeld für den Tag zusammen mit den Kreditkartenbelegen und Schecks in den Einzahlungsbeutel. »Lasst mich meine Jacke holen. Ich bin gleich zurück.« Ich schob mich durch den Perlenvorhang in den hinteren Teil des Ladens, holte meine Handtasche und schlüpfte in meine Jacke, bevor ich sicherstellte, dass der Hintereingang abgeschlossen war, und einen Schutzzauber darüber sprach.

Liam fing meinen Blick auf, als ich wieder nach vorne kam. »Nathan wird Pizza holen und zu uns nach Hause bringen. Ich nehme an, das ist in Ordnung.«

»Natürlich. Wann wäre Pizza jemals *nicht* in Ordnung?«

Nathan lachte, als er die Tür erreichte. »Vielleicht ist es eher meine Gesellschaft, nach der Liam fragt.«

Liam nahm meine Hand in seine mit einem leisen Lachen. »Genau. Bist du sicher, dass es dir nichts ausmacht, sie abzuholen?«, fragte er, als wir Nathan nach draußen folgten. Nachdem ich abgeschlossen hatte, sprach ich schnell einen Schutzzauber über diese Tür, bevor wir losgingen.

Nathan schüttelte den Kopf. »Nein, ich sehe euch beide gleich.«

———

Als wir durch die Vordertür des Kutscherhauses traten, das ich jetzt mit Liam teilte, wartete ich darauf, dass Ghost uns begrüßte. Mein Kater begrüßte mich normalerweise, indem er von einem an der Wand montierten Regal sprang und von meiner Schulter abprallte. Seine Pfoten landeten leicht auf meiner Schulter, bevor er auf den Boden sprang und sich umdrehte, um uns anzustarren.

Ghost war überall strahlend weiß und mit seinen durchdringenden grünen Augen ziemlich wunderschön, als er Liam und mich betrachtete. Nach ein paar Zuckungen seines Schwanzes drehte er sich weg. »Hey Ghost«, rief ich, als ich meine Stiefel auszog und meine Jacke an der Tür aufhängte.

Nachdem Liam dasselbe getan hatte, ging er zum Kamin, um ein Feuer zu machen. Mein kleines Kutscherhaus war mir von meiner Großmutter vermacht worden, als sie starb. Es war einmal ein echtes Kutscherhaus gewesen, mit Kutschen auf der einen Seite und Pferden auf der anderen. In den letzten hundert Jahren oder so war es zu einem schönen Raum umgebaut worden. Mit glänzenden Holzböden war das Erdgeschoss ein einziger großer Raum mit dem Wohnzimmer auf der einen Seite und der Küche auf der anderen. Eine Eckcouch, die zum Kamin zeigte, bot einen Blick auf den Ozean hinter dem Haus. Eine Kücheninsel diente als natürliche Trennung zwischen dem Wohnzimmer und der Küche. Der alte Heuboden, der ziemlich groß war, war in zwei Schlafzimmer mit einem Badezimmer im Obergeschoss umgewandelt worden.

Die Waschküche und ein weiteres Badezimmer befanden sich im Erdgeschoss hinten, mit einem kleinen Essbereich neben der Küche. Ich hatte das Kutscherhaus immer geliebt, und jetzt teilte ich es mit Liam. Wie meine Tante Lea betont hatte, lebten wir in Sünde, aber da wir verlobt waren, war sie bereit, darüber hinwegzusehen. Mit unserer Verlobungsankündigung hatten wir unsere Familien glücklich gemacht und offiziell den Weg eingeschlagen, um unserer Bestimmung zu folgen.

Als das Schicksalspaar für unsere Generation hatte unser Plan, den Druck unserer Familien durch die Verlobung zu mindern, funktioniert. Obwohl ich dazu neigte, ängstlich zu sein, und mir bereits Sorgen über die tatsächliche Hochzeit machte.

Ich überprüfte die Heizung und durchsuchte unsere Schränke, um zu sehen, was wir an Getränken hatten, während Liam ein Feuer anzündete. Wir hatten den üblichen Wein, Bier und Wasser.

»Denkst du, Nathan wird Bier oder etwas Wein wollen?«, rief ich über meine Schulter.

Als ich mich umdrehte, sah ich, wie Liam Ghost vom Boden hochhob, als er sich der Mitteninsel näherte. »Wir haben genug Bier, oder?«

»Natürlich.« Ich lehnte mit den Ellbogen auf die Theke und hörte zu, wie Ghosts Schnurren durch den Raum hallte. »Ich glaube, er mag dich lieber«, bemerkte ich.

Liam lachte, als Ghost aus seinen Armen sprang und über den Boden auf die Fensterbank hüpfte. »Er ist wankelmütig.«

Ich lachte, als es an der Tür klopfte. »Das ging aber schnell«, kommentierte ich und dachte, dass die Pizza wohl kaum so schnell fertig gewesen wäre.

»Allerdings«, erwiderte Liam, als er sich umdrehte, um die Tür zu öffnen. Als er sie aufschwang, stand mein Bruder Gabriel dort. Liam trat zurück und winkte Gabriel herein, während er ihn begrüßte.

Ich rief hinüber: »Was gibt's?«

Es war schön, meinen älteren Bruder zu Hause zu haben, aber er kam normalerweise nicht unangemeldet vorbei. Als Gabriel den Schnee von seinen Stiefeln klopfte und aus ihnen heraustrat, antwortete er: »Ich habe den Morgen damit verbracht, alles bei Mystic Maple in Ordnung zu bringen, nur um heute Abend vorbeizuschauen und festzustellen, dass die neuen Eimer, die ich aufgestellt habe, bereits gestohlen wurden.« Er und Liam erreichten die Theke und setzten sich beide auf Hocker.

»Was zum Teufel?«, sinnierte Liam.

»Genau meine Frage«, antwortete Gabriel. »Ich könnte übrigens einen Drink gebrauchen.«

»Nathan ist unterwegs mit Pizza.« Ich drehte mich zum Kühlschrank und holte Bier für ihn und Liam heraus. Als ich mir selbst ein Glas Wein einschenkte, fügte ich hinzu: »Nun, da dies mehr als ein einmaliger Vorfall ist, schließt das für mich die Kinder aus.«

»Die Kinder?«, fragte Gabriel.

Liam nahm einen Schluck von seinem Bier und nickte. »Ja, hast du nicht von den Kindern gehört, die beim Feiern bei Munns Maple erwischt wurden? Sie hatten einige der fehlenden Eimer in der Nähe. Die Hypothese war, sie könnten einfach dumme Kinder gewesen sein.«

»Ich glaube nicht, dass das sie ausschließt«, erwiderte Gabriel. »Verdammt, wenn man Ärger machen will, ist das Diebstahl. Ich bin frustriert, weil ich einen Haufen Arbeit geleistet habe, um den Ort in den letzten Monat wieder in Ordnung zu bringen, und jetzt drehe ich mich im Kreis.«

Nach einem weiteren Klopfen an der Tür kam Nathan an. Wir verbrachten den Abend mit Pizza und Getränken und spekulierten über die verschiedenen Möglichkeiten, wer darauf aus war, von jedem Ahornsirupbetrieb in der Stadt zu stehlen und diese zu verwüsten.

KAPITEL VIER

Am nächsten Morgen holte ich mir einen Kaffee bei Magic Beans und ging quer über den Stadtplatz zu Persnickety Potions & Gifts. Die Luft war schneidend, mit einem eisigen Wind, der vom Ozean her wehte. Der März war zwar technisch gesehen da, aber der Wind wollte noch nicht zulassen, dass jemand dachte, der Winter sei vorbei. Mein Atem bildete Nebel in der Luft, und ich genoss die Wärme des Kaffeebechers in meinen Händen.

Charm Cove hatte einen typischen Stadtplatz für Neuengland – einen kleinen Park mitten im Zentrum mit Granitwegen und Blumenbeeten in den Ecken. Die Weihnachtsbeleuchtung war von der großen Balsamtanne in der Mitte des Platzes entfernt worden, und die Bäume waren mit Schnee und Raureif überzogen. Der Himmel war von der aufgehenden Sonne in Rosa- und Lavendeltöne getaucht. Ich hielt inne, um tief durchzuatmen, die kühle Luft war erfrischend. Eine Bewegung erregte meine Aufmerksamkeit, und ich schaute hinüber, um Beatrice Powers zu sehen, die energisch über den Platz lief.

Heute Morgen war sie allein. Wenn der Sommer käme, würde sie eine Gruppe von zehn oder mehr Personen um sich haben. Im Winter war ihre Power-Walking-Gruppe eher unbeständig. Ich beobachtete, wie sie um eine Ecke bog und dann kraftvoll in meine Richtung steuerte.

Ich traf Beatrice oft zu dieser Tageszeit. Manchmal blieb sie kurz stehen, um zu plaudern, in anderen Fällen bekam ich nur ein Winken von ihr. Innerhalb von Sekunden kam sie praktisch schlitternd vor mir zum Stehen. Dünn wie eine Gerte, gab sie in ihrer eng anliegenden Fleece-Leggings und ihrem Top eine schlanke Figur ab. Mit ihren Neunzigern hatte Beatrice kein bisschen an Tempo eingebüßt. Ihre lebhaften braunen Augen begegneten meinen mit einem Lächeln.

»Guten Morgen, Moira«, sagte sie fröhlich. »Auf dem Weg zum Laden, nehme ich an.«

»Natürlich. Wie geht es dir heute Morgen?«

»Mir geht es gut. Ich dachte, ich halte kurz an und lasse dich wissen, dass ich nachmittags anfangen werde, bei einigen der Ahornhöfe spazieren zu gehen.«

»Oh, zusätzlich zu deinem Morgenspaziergang?«

»Moira, ich gehe bereits jeden Nachmittag spazieren. Der Morgen ist meine Innenstadtzeit, deshalb siehst du mich dann. Im Sommer laufe ich nachmittags oft an den Stränden oder auf den Wanderwegen. Kennst du den alten Fahrradweg?«

Sie bezog sich auf ein Stück Land, das von Charm Cove treuhänderisch verwaltet wurde. Alte Kutschwege schlängelten sich durch das Gebiet und waren in Wander- und Radwege umgewandelt worden. Im Winter beherbergte das Gebiet Langläufer.

»Das hätte ich wissen müssen. Du hast genug Energie für uns alle«, sagte ich lachend und machte eine Pause, um an meinem Kaffee zu nippen.

Beatrices Atem vernebelte die Luft, als sie lächelte. »Nun, es hält mich beschäftigt, und ich liebe die frische Luft. Ich habe deinen Bruder Nathan und die Munns gefragt, und sie hatten nichts dagegen, wenn ich dort draußen spazieren gehe. Da sie so direkt nebeneinander liegen, ist es praktisch. Da einer von ihnen schon wieder verwüstet wurde, denke ich, dass die Anwesenheit von jemandem hilfreich sein könnte.«

»Glaubst du nicht, dass es wahrscheinlich nachts passiert?«

Beatrice zuckte mit den Schultern. »Vielleicht, aber wir wissen es nicht. Es ist nachts noch schrecklich kalt. Wie es aussieht, ist entweder jemand meilenweit durch die Bäume gerannt und hat Ahornsirupeimer gestohlen oder die Saftleitungen an den größeren Orten zerstört. Meine Meinung ist, dass es jemand mit Magie sein muss. Ich weiß nur nicht wer. Außerdem, als ich mit Nathan sprach, war am Morgen alles in Ordnung, und als er am Ende des Tages zurückkam, um nachzusehen, da bemerkte er, dass die Gravitationsleitungen wieder durchgeschnitten worden waren.«

»Weißt du, als Gabriel gestern Abend kam, um uns von den neuen Leitungen zu erzählen, die er verlegt hatte, habe ich gar nicht daran gedacht. Es passierte auch dort am Tag. Was denkst du über die Kinder, die beim Feiern bei Munns Maple erwischt wurden?«

Beatrice schnalzte mit der Zunge und schüttelte den Kopf. »Ich finde das lächerlich. Zu viel Arbeit für diese Kinder. Ich bin vielleicht alt, aber ich erinnere mich noch daran, wie es ist, ein Teenager zu sein. Man macht dumme Sachen, aber normalerweise denkt man nicht so weit voraus und kümmert sich schon gar nicht um Dinge, die so viel Aufwand erfordern, ohne Belohnung.«

Ich kicherte. »So wahr. Nun, halt mich auf dem Laufenden. Ich muss los, um den Laden pünktlich zu öffnen.«

»Natürlich, Liebes. Ich mache mich auf den Weg. Ich schaue vorbei, wenn ich etwas Neues erfahre.«

Daraufhin drehte sie sich weg und nahm sofort ihr Tempo wieder auf. Da ich nach ein paar Minuten im Freien durchgefroren war, beeilte ich mich, über den Platz zu Persnickety Potions & Gifts zu kommen. Heute würde es geschäftig werden, da ich eine Schmucklieferung von einem unserer Hauptlieferanten in Portland erwartete, zusätzlich zu einer großen Bestellung von einem unserer Hauptvertriebe für kleine Geschenkartikel.

Nachdem ich den Laden vorbereitet hatte, drehte ich das Schild in der Glastür auf *Geöffnet* und machte mich an die Arbeit. Der Morgen war gesegnet ruhig, sodass ich Zeit hatte, hinten aufzuräumen und Platz für den neuen Bestand zu schaffen. Etwa eine Stunde nach der Öffnung kehrte ich nach vorne zurück, um unseren Tränkebestand zu aktualisieren, bevor die Post erwartet wurde. Als mir klar wurde, dass ich meinen Kaffee hinten gelassen hatte, ging ich zurück, um ihn zu holen.

Direkt vor dem Hintereingang, der abgeschlossen war, stand ein Eimer. Genauer gesagt, ein unverwechselbarer Ahornsirupeimer mit dem Etikett von Mystic Maple, dem Hof, den mein Bruder wiederbelebte.

Was zum Teufel?

Ein Kribbeln lief meinen Rücken hinauf, kitzelte meine Kopfhaut und lief bis in meine Fingerspitzen. Innerhalb der vielleicht drei Minuten, seit ich den hinteren Bereich verlassen und nach vorne gegangen war, hatte jemand Magie benutzt, um diesen hierher zu bringen.

Ich näherte mich und blieb davor stehen. Ich wollte mich gerade vorbeugen, als mir klar wurde, dass er einen Zauber enthalten könnte. Ein gefalteter Zettel lag auf dem Boden des Eimers, was mich wahnsinnig reizte. Bevor ich etwas berührte, brauchte ich ein wenig Hilfe.

Ich zog mein Handy aus der Tasche und rief zuerst meinen Vater an. Er antwortete sofort. »Ja?«

»Kannst du für ein paar Minuten vom Büro wegkommen?«, fragte ich.

Unter anderem führte meine Familie eine Immobilienverwaltungsgesellschaft. Das Büro meines Vaters befand sich dort, ein paar Blocks die Straße hinunter. »Natürlich, aber warum?«, fragte er zurück.

»Nun, jemand hat einen Ahornsirupeimer von Gabriels Hof in den hinteren Teil des Ladens gestellt. Ich bin ziemlich sicher, dass er durch Magie hierhergeschickt wurde, da die Tür abgeschlossen ist und ich erst vor ein paar Minuten hier hinten war. Da du Magie spüren kannst, dachte ich, es wäre am besten, wenn du herkommst, bevor ich etwas anfasse. Ich denke, wir sollten auch Jacob rufen. Er kann sehen, ob irgendwelche Zauber darauf gewirkt wurden und wer sie gewirkt haben könnte.«

Unter Hexen und Hexenmeistern trugen wir alle verschiedene Kräfte und teilten einige. Mein Vater konnte Magie überall spüren, ob sie mit einer Person, einem Ort oder einem Gegenstand verbunden war. Jacob, Liams Onkel, hatte die Fähigkeit, die Spuren von Zaubern und wer sie gewirkt hatte, zu spüren. Wenn etwas Magie enthielt, aber nicht zum Wirken eines Zaubers verwendet wurde, konnte Jacob nichts spüren, während mein Vater es konnte.

»Ich komme sofort. Ich komme durch den Vordereingang«, antwortete mein Vater.

»Natürlich. Ich rufe Jacob gleich an.«

Bevor ich überhaupt die Chance hatte, Jacob anzurufen, piepte mein Telefon in meiner Hand, und Liams Name leuchtete auf dem Bildschirm auf.

»Hey, kann ich dich gleich zurückrufen? Ich muss Jacob anrufen, weil ein Saft-Eimer im hinteren Teil des Ladens aufgetaucht ist.«

»Wirklich? Deshalb habe ich dich angerufen. Meine Mutter hat mich gerade angerufen, weil zwei der vermissten Eimer vom Haus meiner Eltern bei Beauty Bewitched aufgetaucht sind«, erklärte er und bezog sich dabei auf einen Laden, den seine Tante Opal führte.

»Okay, das ist seltsam. Ich werde Jacob sofort anrufen. Ich nehme an, er kann dort anfangen, wo es am nächsten ist.«

Wir legten auf, und ich rief Jacob an. Nachdem ich ihn auf den neuesten Stand gebracht hatte, war ich sehr versucht, die Notiz im Eimer zu lesen, hatte aber genug Verstand, um es besser zu wissen. Ich hörte auch die Glocke über der Tür vorne klingeln, also eilte ich nach vorne und fand den Postboten George Abbott, der meine erwarteten Pakete für den Tag lieferte. George war zufällig auch ein Hexenmeister.

»Guten Morgen, Moira«, rief er. »Ich habe ein paar Pakete für dich hier. Lass mich diese absetzen und den Rest holen.«

»Danke«, antwortete ich, als er sie in der Ecke der Theke abstellte. Während er wieder nach draußen ging, zog ich sie hinter die Theke. Innerhalb weniger Minuten brachte er die restlichen Pakete.

Nachdem er das letzte auf den kleinen Stapel gelegt hatte, den ich geschaffen hatte, schaute er herüber. »Also, ich höre, dass jetzt überall Saft-Eimer auftauchen. Die letzten drei Orte, an denen ich angehalten habe, um die Post abzuliefern, haben mir erzählt, dass ein oder mehrere Saft-Eimer hinten erschienen sind. Ich wäre überrascht, wenn du keinen bekommen hättest.«

Okay, jetzt wurde das mit jeder Minute seltsamer. »Wirklich? Nun, hier ist auch einer aufgetaucht. Er ist von Gabriels Hof und es ist ein

Zettel darin. Bitte sag mir, dass noch niemand die Eimer angefasst hat.«

»Jemand bei Hardware Charm hat es getan, aber es geht ihnen gut. Ich werde Daniel auf dem Weg zu meinem nächsten Halt anrufen, denn er wird einen geschäftigen Tag haben, um das herauszufinden.«

»Es muss Magie sein. Denkst du nicht?«, fragte ich.

George nickte langsam. »Da alle sagen, dass die Saft-Eimer nicht da waren, als sie öffneten, muss es Magie sein.«

Ich wusste nicht, was ich denken sollte. Offensichtlich hing das mit dem großen Ahorn-Streich zusammen, aber ich wusste nicht, wie das alles zusammenpasste. Ich war George nicht besonders nahe, kannte ihn aber gut genug. Seine Familie befand sich, bildlich gesprochen, in der Mitte der Machtskala in der Hexenwelt. Sie waren weder unbedeutend noch immens mächtig. George war ein paar Jahre älter als ich, mit seinem sozialen Kreis ein paar Jahre voraus, als wir aufwuchsen. Er war immer ein netter Kerl gewesen und hatte eine Hexe aus der Familie Ouellette geheiratet.

»Hast du sonst noch etwas gehört?«, fragte ich. »Abgesehen von den Spekulationen über die feiernden Kinder habe ich nicht viele andere Informationen. Soweit ich weiß, hat jeder, dem Saft gestohlen wurde, dies Daniel gemeldet. Gestern Morgen sprach Isobel Martin mit mir über Tom Lewis' Grundstück und die Situation dort.«

George nickte. »Als ich anhielt, um die Post an ihrem Haus abzuliefern, hat sie das mit mir geteilt. Aber ich weiß nichts anderes. Ich dachte, du würdest mehr wissen als ich.«

Ich lachte und verdrehte die Augen. »Nein. Wurde dir Ahornsirup gestohlen?«

»Nur unser persönlicher Vorrat. Aber dann klingt es so, als ob jedermanns persönlicher Vorrat gestohlen wurde.« Er hielt inne und blickte auf die Uhr über der Tür. »Ich muss weiter. Da ich überall in der Stadt halte, werde ich die Ohren offen halten und natürlich alles weitergeben, was ich erfahre.« Mit einem Winken drehte er sich um und eilte zu seinem Postauto.

In dem Moment, als die Tür hinter ihm zuschlug, kam mein Vater herein, mit Jacob Good direkt hinter ihm. Obwohl sie aus verschiedenen Familien stammten, den Wickeds und den Goods, trugen mein

Vater und Jacob sich mit der gleichen würdevollen Ausstrahlung. Beide hatten jetzt silbernes Haar. Mein Vater hatte grüne Augen, während Jacob blaue hatte. Beide waren groß und schlank und sahen oft so aus, als wären sie direkt aus den Seiten der Geschichte gestiegen. Heute trugen beide dunkle Wollmäntel und Stoffhosen.

»Zeig uns den Eimer«, sagte mein Vater und übersprang die Begrüßung.

Sie folgten mir durch den Perlenvorhang nach hinten. »Ich nehme an, ihr habt bereits gehört, dass andere Eimer aufgetaucht sind. Was zum Teufel ist hier los?«, fragte ich rhetorisch.

Jacob fing meinen Blick auf und zuckte mit den Schultern. Mein Vater blieb vor dem Eimer stehen und bot sofort an: »Oh, das ist Magie.«

KAPITEL FÜNF

Nach der Ankündigung meines Vaters trat Jacob an seine Seite, schloss die Augen und streckte seine Hände aus. Nach einem Moment ließ er sie fallen und blickte zwischen meinem Vater und mir hin und her. »Ein Zauber wurde gewirkt, aber er wurde verschleiert. Es war ein Objekt-transportationszauber, was wir uns ohnehin hätten denken können. Ich glaube nicht, dass wir jeden Eimer überprüfen müssen, da es klingt, als wären reichlich aufgetaucht. Ich werde eine Stichprobe untersuchen, aber ich vermute, dass derjenige, der das getan hat, auch einen Zauber gewirkt hat, um seine Spuren zu verwischen.«

»Kennen wir irgendwelche Familien, die eine Verschleierungskraft in ihrer Linie haben?«, fragte ich.

»Das ist eine Frage für Liams Mutter«, sagte mein Vater mit einem Nicken. »Wir können unsere Bibliotheken durchsuchen, aber Zauber-bücher verfolgen nicht immer, welche Familien die Magie trugen. Alice sollte das mit ihrer Genealogie-Arbeit herausfinden können.«

Nun, ich wusste, wo ich heute Abend zu Abend essen würde.

Jacob hatte sich bereits umgedreht und war auf dem Weg nach vorne. »Warte, da ist ein Zettel im Eimer«, rief ich.

Ich lief schnell hinüber und zog ihn heraus, jetzt, da wir wussten, dass es sicher war. Als ich den Zettel entfaltete, fand ich einen einzelnen Buchstaben in schwarzer Tinte – M.

Ich lachte, weil es uns nicht viel verriet. Ich reichte ihn meinem Vater, der nur kicherte und ihn an Jacob weitergab, der mit den Augen rollte.

»Steckt irgendeine Magie in dem Zettel?«, fragte ich.

Mein Vater schüttelte den Kopf. »Ich habe es bereits überprüft. Die Magie diente nur dazu, den Eimer zu transportieren, was wahrscheinlich bedeutet, dass der Zettel in den Eimer gelegt wurde, bevor er überhaupt hier auftauchte. Ich muss zurück ins Büro. Es sei denn, du willst, dass ich mit dir gehe«, fügte er hinzu und blickte zu Jacob.

Jacob schüttelte den Kopf. »Nicht nötig. Ich werde nur eine Stichprobe machen und sehen, ob derselbe Zauber auf den anderen Eimern liegt.« Er sah mich an. »Ich rufe an, wenn die Zettel anders sind. Wenn sie es sind, sollte jemand sie alle einsammeln. Das könnte unser Rätsel sein.«

Danach gingen sie. Ich postierte mich hinter der Kasse und begann, unsere neuen Artikel zu bearbeiten. Wir hatten eine große Schmucklieferung von einem Juwelier aus Portland erhalten, mit dem wir häufig Geschäfte machten. Sie stellten all die Bettelarmbänder und Charmringe her, die wir verkauften. Um diese Jahreszeit war der Laden nicht allzu geschäftig, aber in ein oder zwei Monaten würde hier die Hölle los sein. Dies war unsere erste Bestellung für den Frühling. Die anderen Artikel konnten warten, da diese am meisten Zeit für die Inventarisierung benötigten. Jedes Bettelarmband und jeder Ring war auch mit einem leichten stimmungsaufhellenden Zauber versehen. Das erforderte, dass ich Zeit damit verbrachte, für jeden Artikel schnelle Zauber zu wirken.

Der Großteil dieses Inventars würde im Lager aufbewahrt werden, bis unsere Hochsaison begann. Nach etwa einer Stunde beschloss ich, eine Pause zu machen. Als ich auf mein Handy schaute, sah ich eine Nachricht von Jacob. Er bat mich, meine Zwillingscousinen loszuschicken, um am Nachmittag, wenn sie zur Arbeit im Laden auftauchten, alle Zettel einzusammeln. Die Zwillinge waren Celia und Delia Good, seine Töchter und meine entfernten Cousinen durch Heirat. Sie waren die jüngsten Kinder in meiner Generation und wurden von uns allen verwöhnt.

Sie waren auch meine einzigen Angestellten bei Persnickety Potions & Gifts. Während des Winters kamen sie an drei Nachmittagen pro Woche. Anstatt ihre Hilfe zu haben, um mit dem Inventar fertig zu werden, würde ich sie losschicken, um die Zettel zu sammeln. Ich war sehr neugierig darauf, was die verschiedenen Zettel besagten.

Ich textete Jacob zurück und ließ ihn wissen, dass ich die Zwillinge losschicken würde, sobald sie eintrafen. Ich bat darum, dass mir jemand eine Liste schickte, wohin sie gehen mussten.

Die Welt war längst über die Tage der Telefonketten hinaus, und Gruppennachrichten waren die moderne Alternative. Innerhalb von Minuten hatte ich eine Nachricht von meiner Tante Lea, die Jacob und die Zwillinge einschloss, mit einer Liste, wohin sie diesen Nachmittag gehen mussten. Bisher schien es, als wären die Eimer nur zu Geschäften transportiert worden, obwohl es eine Mischung aus Eimern von Ahornsirupbetrieben und persönlichen Familien-Safteimern gab. Dies entwickelte sich zu einem interessanteren Mysterium.

Am Abend, kurz vor Ladenschluss, stürmten Celia und Delia durch die Tür von Persnickety Potions & Gifts, gerade als ich die Tageseinnahmen zusammenrechnete. Als ich aufblickte, wurde ich von zwei breiten Lächeln begrüßt. Mit ihrem glänzenden dunklen Haar, leuchtend blauen Augen und rosigen Wangen waren sie einfach bezaubernd. Sie waren vor kurzem vierzehn geworden, und ich konnte mir vorstellen, dass sie außer sich waren, in die Ermittlung des großen Ahorn-Streichs einbezogen zu werden.

Sie alle Zettel sammeln zu lassen, war eine harmlose und hoffentlich sichere Aufgabe, aber es begeisterte sie offensichtlich. Sie warfen ihre Kapuzen zurück und eilten zur Theke. Celia trug Lavendel und Delia Rosa, ein Thema, das sie über alles hinweg konsistent hielten, weil das die Farben ihrer Magie waren.

Celia sprach zuerst. »Wir haben sie alle«, sagte sie und klopfte auf ihre Handtasche.

»Wir glauben, es ist ein Rätsel«, fügte Delia hinzu.

Ich konnte nicht anders, als zu grinsen. »Vielleicht könnt ihr uns helfen, es zu lösen. Danke, dass ihr das alles gemacht habt. Ich weiß, es ist kühl draußen heute Nachmittag.«

»Das ist okay. Wir haben es uns lustig gemacht. Wer holt uns ab?«, fragte Delia.

»Ihr fahrt mit mir und Liam. Wir treffen uns bei seinen Eltern zum Abendessen, und eure Eltern treffen uns dort.«

Wie auf Stichwort kam Liam durch die Vordertür in den Laden. Er winkte und rief herüber: »Soll ich abschließen und das Schild umdrehen?«

»Bitte«, antwortete ich. »Lass mich nur schnell meinen Mantel und meine Tasche holen, dann bin ich bereit.«

Ich eilte nach hinten, stellte sicher, dass die Tür abgeschlossen war, und wirkte einen Schutz- und einen Blockierzauber. Sollte jemand versuchen, etwas anderes in den Laden zu transportieren, würde er den Eingang schützen. Das war eine seltsame Eigenheit von Transportzaubern. Es musste einen Weg geben. Wenn der Weg blockiert war, konnte nichts transportiert werden. Ich schlüpfte in meine Daunenjacke und griff nach meiner Handtasche, bevor ich nach vorne eilte.

Die Zwillinge standen bei Liam und zeigten ihm aufgeregt die Zettel, die sie von all den Safteimern gesammelt hatten. Er schaute auf, fing meinen Blick auf und zwinkerte.

Oh Mann. Nichts weiter als ein Zwinkern von Liam, und er schickte einen kleinen Schwarm Schmetterlinge durch meinen Bauch und Hitze, die sich in mir ausbreitete. Ich hatte mich daran gewöhnt, wieder mit ihm zusammen zu sein, aber es war immer noch verblüffend zu entdecken, wie leicht er mich beeinflusste.

Liam Good, der Mann, den zu heiraten mir bestimmt war. Mein Schicksal zu betrachten, war manchmal überwältigend.

Wir wussten seit unserer Jugend, dass wir das vorbestimmte Paar unter unseren riesigen und weitverstreuten Familien waren. Ein bisschen Teenagerangst und frühe College-Eifersucht hatten uns auseinandergebracht. Eine unglaublich kurze Ehe für Liam und mein Versuch, vor meiner Magie wegzulaufen, hatten uns für ein paar Jahre getrennt gehalten. Doch wir hatten den Weg zurück zueinander gefunden.

Obwohl es jetzt schon Monate her war, raste mein Puls immer noch wild, wenn ich diesen heißen Blick in seinen Augen sah. Mit seinem schwarzen Haar und eisblauen Augen war er lächerlich gut aussehend. Es war nicht ganz fair.

Ich umrundete die Theke, hielt an Liams Seite an, und er beugte sich hinunter, drückte einen schnellen Kuss auf meine Lippen und schickte prompt einen kleinen elektrischen Stoß durch mich. Da die Zwillinge hier waren, trat ich sofort zurück. »Also, was haben wir sonst noch?«, fragte ich.

»Eine Menge Buchstaben!«, rief Delia.

»Sieht aus, als wollten sie uns necken und uns auf eine Jagd schicken, um herauszufinden, was das aussagen soll«, sagte Liam.

»Es ist wie ein Satz-Kreuzworträtsel«, warf Celia ein.

»Klingt danach«, erwiderte ich. »Sind wir bereit zu gehen?«

Wir vier verließen den Laden. Nachdem die Zwillinge auf dem Rücksitz angeschnallt waren, fuhr Liam zum Haus seiner Eltern. Charm Cove war keineswegs groß. In den Wintermonaten hatte die Stadt weniger als fünftausend Einwohner. Jeden Sommer vervierfachte sich diese Zahl und mehr durch die Touristen. Die meisten lokalen Häuser befanden sich in einem Umkreis von etwa zehn Quadratmeilen.

Liams Eltern lebten ein paar Meilen von dem Grundstück meiner Familie entfernt. Auch sie besaßen ein Stück Land auf der Klippe mit Blick auf den Atlantischen Ozean. Wie viele Häuser, einschließlich derer vieler Ursprungsfamilien, war ihr Haus ein großes, klassisches Haus im Kolonialstil.

Groß und stattlich stand es hoch auf der Klippe. Wenn man die gewundene Einfahrt hinunterfuhr, konnte man das Haus von der Straße aus durch die Bäume nicht einmal sehen. An diesem frühen Winterabend hatte der Himmel verschiedene Grautöne, die in der Ferne mit dem Ozean verschmolzen, als wir die Einfahrt vorne herumfuhren.

Ihr Haus hatte ein modernes, hellrotes Metalldach und eine weiche cremefarbene Verkleidung, die inmitten des Schnees und des grauen Himmels fröhlich aussah. Leas und Jacobs Auto war bereits hier, zusammen mit dem meiner Eltern und dem meiner Cousine Emma.

Es hatte auf der Fahrt leicht zu schneien begonnen, und der Wind peitschte vom Ozean herüber, also eilten wir vom Auto ins Haus, ohne uns die Mühe zu machen anzuklopfen. Die Tür hallte in der Eingangshalle hinter uns wider, als wir hineingingen. Sie hatten eine zweistöckige Eingangshalle mit einer geschwungenen Treppe, die nach oben führte, und einem Flur, der direkt in den hinteren Teil des Hauses führte. Auf der einen Seite des Hauses befanden sich das Esszimmer, ein Wohnzimmer und ein Salon, mit einer riesigen alten Küche und einem Aufenthaltsraum auf der anderen Seite.

Liam rief, als wir den Flur entlangliefen: »Wir sind da!«

Wir folgten den Stimmen in die Küche. Der Grundriss war ähnlich wie bei so vielen Häusern in der Gegend. Die meisten der ursprünglichen Häuser waren innerhalb weniger Jahre voneinander gebaut worden und hatten alle einen ähnlichen Grundriss.

Obwohl es in der Küche aktualisierte Geräte gab, war der Grundriss gleich geblieben. Es gab eine große Insel in der Mitte der Küche, die einst als Arbeitstisch zum Kochen gedient hatte. In der Mitte befand sich ein Herd mit einer kleinen Spüle an der Seite und Hockern, die sie auf der gegenüberliegenden Seite umgaben. Entlang der Rückwand dahinter verlief eine weitere Arbeitsplatte, eine viel größere Spüle, ein eingebauter Wandofen und ein alter holzbefeuerter Ofen. Im hinteren Teil der Küche war ein großer runder Tisch für legeres Essen vor den Fenstern mit Blick auf den Ozean platziert.

»Hallo, Mädchen«, rief Lea den Zwillingen zu, als sie vom Tisch aufstand.

Liam hielt inne, um seiner Mutter einen Kuss auf die Wange zu geben. Die Ähnlichkeit zwischen ihnen war fast erschreckend. Beide Elternteile hatten dunkles Haar, obwohl er die Knochenstruktur seiner Mutter und ihre wunderschönen blauen Augen hatte. Alice Good war wunderschön. Praktischerweise schien sie es mir nicht übel genommen zu haben, dass ich in einem Wutanfall während des Colleges mit ihrem Sohn Schluss gemacht hatte.

Lea ging auf uns zu, um die Zwillinge in eine schnelle Umarmung zu ziehen. »Wo sind die Zettel, Mädchen?«, fragte sie, als sie zurücktrat.

Celia holte sie aus ihrer Handtasche und reichte sie ihr.

Liams Vater, William, rief von einem Sideboard in der Nähe des Tisches: »Kommt rüber. Das Abendessen ist fast fertig.«

Mit der Hilfe meiner Mutter trug Alice einen Hühnerauflauf, einen cremigen Eintopf, frisches Brot und Salat herüber. Erst nachdem wir uns gesetzt, das Tischgebet gesprochen und angefangen hatten zu essen, begannen alle, die Notizen herumzureichen und darüber zu spekulieren, was die Buchstaben bedeuten sollten.

Nachdem meine Mutter sie überflogen hatte, blickte sie auf, fing meinen Blick auf und schüttelte den Kopf. »Das alles scheint mir wie eine Neckerei.«

Liam nahm einen Schluck von seinem Wein und nickte. »Genau das habe ich auch gesagt.«

»Natürlich werden sie uns auf eine wilde Gänsejagd schicken, und wir müssen mitmachen. Weil es der einzige Weg ist, etwas anderes herauszufinden«, sagte Lea mit einem Seufzer.

»Ich denke, wir sollten die Bishops bitten, sie in The Ink Spot zu veröffentlichen«, schlug Alice vor.

»Oh, das ist brillant!«, rief meine Mutter aus.

»Bevor ich es vergesse, Alice, kannst du nachforschen, welche Familien die Macht haben, Zauber zu verschleiern?«, fragte ich.

»Oh ja, ich konnte den Zauber spüren, der gewirkt wurde, um die Eimer zu transportieren, aber wer auch immer ihn gewirkt hat, hat auch einen Zauber benutzt, um seine Spuren zu verwischen. Wir müssen wissen, wer diese Macht haben könnte. Es ist nicht üblich«, erklärte Jacob.

»Ich werde morgen anfangen, in meinen Aufzeichnungen zu suchen«, antwortete Alice.

KAPITEL SECHS

Am nächsten Morgen ging ich den Charming Way hinunter zum The Ink Spot, bevor ich meinen Kaffee holte. Ich hatte die Aufgabe, vorbeizuschauen und zu versuchen, Albert Bishop zu überreden, die Buchstaben aus den Notizen in der Zeitung abzudrucken. Albert war das aktuelle Mitglied der Familie Bishop, das das Geschäft führte.

The Ink Spot öffnete früh am Morgen, weil sie täglich eine Nachrichtennotiz herausgeben mussten. Heutzutage erschien diese auf ihrer Website und per E-Mail für alle, die sich dafür angemeldet hatten. Gedruckte Versionen boten sie nur an Wochenenden an.

Wie Persnickety Potions & Gifts, Beauty Bewitched und andere lokale Geschäfte, die von Hexenfamilien besessen und geführt wurden, existierte The Ink Spot schon seit Jahrhunderten. Es war die erste Zeitung in Charm Cove und blieb auch die einzige, obwohl es ein paar regionale Zeitungen gab, die das Gebiet abdeckten.

Als es gegründet wurde, war die Familie Bishop etwas radikal und druckte Blätter über die Hysterie der Hexenprozesse von Salem und dergleichen. Dadurch gab es damals gewisse Spannungen zwischen der Familie Bishop und einigen der anderen Gründerfamilien. Da die Familien in diese Gegend geflohen waren, um vor der Verfolgung der

Hexen sicher zu sein, gab es echte Befürchtungen, sie würden Aufmerksamkeit auf das Gebiet lenken.

Heutzutage waren sie eher eine gewöhnliche Lokalzeitung. Während der Sommermonate hatten sie amüsante Rubriken über lokale Veranstaltungen und einen Abschnitt mit dem Titel »Tourist Benders«. Er zielte auf die fast täglichen Auffahrunfälle in der Stadt ab, wenn Touristenfahrzeuge die Straßen verstopften. Die Touristen liebten es, und es brachte The Ink Spot etwas Geld für Werbung ein.

The Ink Spot befand sich noch immer am ursprünglichen Standort, war aber seit seiner Gründung erweitert worden. Es war in einem quadratischen Granitgebäude an der Ecke von Charming Way und Good Lane untergebracht. Als ich durch die massiven Eichentüren an der Vorderseite trat, sah ich mich um. Die ursprüngliche Druckausrüstung befand sich hinter einer Tür zur Seite in dem, was jetzt als Museum diente. Sie hielten es das ganze Jahr über geöffnet, und es blieb während der Sommermonate gut besucht. Man konnte durch eine Glastrennwand in den Raum sehen.

Glänzende Hartholzböden durchzogen das Gebäude mit einer dekorativen gepressten Zinndecke darüber. Die ursprüngliche Druckausrüstung war in makellosem Zustand gehalten worden und für das Museum auf Hochglanz poliert. Sie hatten alle Drucker zusammen mit Plaketten und Broschüren, die die alten Druckverfahren erklärten.

Der Hauptraum hatte einen Tresen, der entlang der Rückseite verlief. Zusätzlich zum Drucken lokaler Nachrichten boten sie Dienstleistungen für eine Vielzahl von Druckbedürfnissen an – Visitenkarten, Schilder und dergleichen. Die Familie hatte sich im Laufe der Jahre gut an die Veränderungen im Geschäft angepasst und bot jetzt auch Webdesign an.

Zu dieser frühen Stunde war niemand hinter dem Tresen, also schlenderte ich hinüber und läutete die Glocke. Während ich wartete, schaute ich durch die Glasvitrine. Sie enthielt eine Reihe von alten Drucken aus der Zeit, als die Stadt Ende des 17. Jahrhunderts gegründet worden war. Die Familie Bishop war nicht viel später als die Wickeds und die Goods aus dem Gebiet von Salem geflohen, und alle hatten Zuflucht an der windgepeitschten Küste von Maine gefunden.

Nach ein paar Minuten war ich überrascht, Sally Bishop durch die

Schwingtüren kommen zu sehen, die ins Hinterzimmer führten. Sally und Rae waren eineiige Zwillinge, die früher The Ink Spot geleitet hatten. Die Zwillinge standen auch unter GPS-Überwachung nach ihrer Beteiligung am Casting eines Zaubers, der im letzten Sommer versehentlich zum Tod von Alvin Pearson geführt hatte.

Es war das Ergebnis eines verwickelten Liebesdreiecks zwischen Alvin, beiden Zwillingen und jemand anderem. Das berücksichtigte nicht einmal seine Frau. Nachdem sie ihre Wut aufeinander überwunden hatten, beschlossen sie, ihn eines Nachts zu Fall zu bringen. Gefallen war er tatsächlich, direkt in den Brunnen der Stadt. Er ertrank, wahrscheinlich weil er auch betrunken gewesen war. Solche Dinge passierten. Oder ich vermutete, dass sie in Charm Cove passierten.

Sally lächelte mich an, ihre blauen Augen wachsam. Es sagte schon einiges, dass sie mir größtenteils verziehen hatten, dass ich geholfen hatte, sie zu fangen, als alles gesagt und getan war. Es gab jedoch noch ein wenig anhaltende Spannung, nur ein bisschen.

»Hi, Sally«, sagte ich. »Ich hatte nicht erwartet, dich heute Morgen zu sehen.«

»Das gleiche könnte ich von dir sagen. Rae und ich haben wieder die Morgenschicht übernommen. Albert kümmert sich mehr um die Online-Sachen. Also, was führt dich her?«, fragte sie und strich sich das ergraute, kastanienrote Haar aus den Augen. Sie und Rae hatten früher The Ink Spot geleitet, waren aber vor ein paar Jahren beiseite getreten, als Albert sich durchsetzte und darauf bestand, dass sie zu alt wurden, um die Dinge zu führen.

»Nun, ich bin sicher, du hast von all den Diebstählen des Ahornsirup gehört, oder?«

»Natürlich habe ich das. Albert hat mich gestern wissen lassen, dass einer dieser Eimer hierher transportiert wurde. Ich war am Nachmittag nicht hier, aber ich hörte, dass die Zwillinge herumgegangen sind und alle Notizen eingesammelt haben. Weißt du noch etwas?«, fragte sie.

»Ich habe hier alle Notizen. Jede hat nur einen einzigen Buchstaben. Das ist alles. Sie bilden verschiedene Sätze. Wir haben gestern Abend gesprochen und denken, es wäre klug, wenn wir sie in The Ink

Spot abdrucken würden. Wir könnten ein paar Ideen bekommen. Was meinst du? Vielleicht so etwas wie ein Kreuzworträtsel.«

Sally strahlte. »Oh mein Gott! Das ist perfekt. Auf diese Weise wird es die Aufmerksamkeit aller erregen, und wir bekommen eine Menge verschiedener Ideen darüber, was es bedeuten könnte.«

»Wir dachten daran, einen Satzgenerator zu verwenden, aber es gibt viele Möglichkeiten. Wir hoffen, dass die öffentliche Aufmerksamkeit helfen wird herauszufinden, was es sagen soll. Glaubst du, Albert wird damit einverstanden sein?«, fragte ich.

Sally nickte und presste die Lippen zusammen. »Das wird er. Sie sind nicht sehr glücklich, denn wie du weißt, hat die Familie von Alberts Frau ein kleines Nebeneinkommen mit der Ahornsirupherstellung, und sie haben viel verloren. Jeder will einfach wieder anfangen und alle Bäume anzapfen, aber wir haben gehört, dass an ein paar weiteren Orten die Leitungen wieder durchtrennt wurden.«

»Ich weiß. Weißt du, mein Bruder Gabriel startet den Betrieb unseres Onkels neu, und er ist genauso besorgt. Was brauchst du, um diese zu drucken?«, fragte ich und warf einen Blick auf die Uhr an der Wand hinter ihr über dem Tresen.

»Lass uns einfach die Buchstaben aufschreiben.«

»Das würde funktionieren. Daniel hat bereits angerufen und gesagt, er möchte, dass wir die tatsächlichen Notizen abgeben. Sie sind technisch gesehen Beweismittel, zusammen mit all den Eimern, die aufgetaucht sind«, erklärte ich.

»Oh ja«, sagte Sally und nickte energisch. »Er sagte, er würde heute vorbeikommen, um den Eimer abzuholen, der hier aufgetaucht ist. Weißt du, wie viele es waren?«

»Wir wissen, dass es mindestens fünfundfünfzig waren.«

Sally machte ein Tsk-Tsk-Geräusch und schüttelte den Kopf. »Was für eine seltsame Sache.«

»Das kannst du laut sagen. Ich muss bald zum Laden, also lass uns diese aufschreiben.«

Nachdem Sally mit mir die Notizen durchgegangen war und die Buchstaben kopiert hatte, verließ ich den Laden und machte mich auf den Weg zum Geschäft.

KAPITEL SIEBEN

Mein Tag begann im Laden damit, dass ich da weitermachte, wo ich am Vortag mit der Inventur aufgehört hatte. Da die Zwillinge gestern Nachmittag in der Stadt unterwegs waren, um Zettel mit Buchstaben einzusammeln, hatten wir die Lieferungen vom Vortag natürlich nicht fertig durchgehen können. Im Winter genoss ich die ruhigen Vormittage im Laden, weil ich mich mit wenigen Unterbrechungen konzentrieren konnte. Ich konnte die restlichen Zauber für all die Armbänder und Ringe aufsprechen, bis der späte Vormittag anbrach. Ich legte sie zusammen mit dem Rest der neuen Ware beiseite, damit die Zwillinge sie heute Nachmittag mit Preisen versehen und in die Bestandsdatenbank eingeben konnten.

Ich hatte es zeitlich knapp kalkuliert, als ich heute Morgen The Ink Spot verließ, deshalb hatte ich keine Zeit gehabt, bei Magic Beans vorbeizuschauen, um einen Kaffee zu holen. Da der Laden momentan leer war, schlüpfte ich in meinen Mantel, schnappte meine Handtasche und klebte das »Bin in 10 Minuten zurück«-Schild an die Tür, bevor ich über den Dorfplatz eilte, um mir einen Kaffee zu holen.

Wärme und der Duft von Kaffee, frischem Brot und Gebäck umhüllten mich, als ich Magic Beans betrat. An Wintermorgen war es hier voller Einheimischer. Ich wartete in der Schlange und begrüßte Sarah hinter der Theke, als ich an der Reihe war.

»Oh hey«, sagte sie und hielt inne, um sich umzuschauen, bevor sie ihre Stimme senkte. »Ich bin so froh, dass du vorbeischaust. Ich habe total vergessen, dir zu sagen, dass einer der Jugendlichen, die sie bei Munns Maple erwischt haben, bei unserem Nachbarn in der Nähe gesehen wurde, wo sie ein paar Bäume angezapft hatten. Es fehlte nichts. Entweder ist er dumm wie Brot, was bei einem Teenager immer möglich ist, oder er hat etwas vor.«

»Hmm«, antwortete ich. »Ich neige dazu zu glauben, dass er einfach nur dumm ist oder versucht, Unruhe zu stiften.«

Unter anderen Themen, die wir beim Abendessen gestern besprochen hatten, hatte ich die Zwillinge gefragt, ob sie einige der Kinder kannten, die beim Feiern in Munns Maple erwischt worden waren. Obwohl die beteiligten Teenager ein paar Jahre älter waren als Celia und Delia, war die Bevölkerung von Charm Cove klein, und Gerüchte verbreiteten sich schnell in der Stadt.

Die Zwillinge hatten gesagt, dass diese bestimmte Gruppe für ihre praktischen Scherze und Albereien bekannt sei. Angesichts der ganzen Aufmerksamkeit um den großen Ahorn-Streich vermuteten sie, dass die Kinder einfach nur versuchten, Unruhe zu stiften.

»Übrigens, ich nehme heute den Hauskaffee mit einem Extra-Shot. Ich könnte das Koffein gebrauchen«, fügte ich hinzu.

»Warum denkst du, dass er nur versucht, Unruhe zu stiften?«, fragte Sarah, während sie meinen Kaffee zubereitete.

»Nun, du hast sicherlich von all den Sapeimern gehört, die gestern wieder aufgetaucht sind.«

»Ja, und wie soll das beweisen, dass die Kinder nichts damit zu tun hatten? Ich meine, wenn sie einen Streich spielen wollen, ist das eine Möglichkeit, die Sache in die Länge zu ziehen.«

»Alle Eimer, die wir gestern gefunden haben, waren mit Zaubern belegt. Vielleicht können einige dieser Kinder zaubern, aber so etwas zu transportieren, erfordert viel mehr Übung und Fähigkeiten, als ein Teenager hat.«

»Ich habe gehört, dass in allen Zettel waren«, fügte Sarah hinzu, als sie mir meinen Kaffee reichte und abrechnete.

»Stimmt genau. Es waren nur Buchstaben. Wir denken, es ist ein Rätsel«, antwortete ich und gab ihr mein Geld.

»Und wie werden wir das herausfinden?«

»Ich habe Daniel Bescheid gesagt, und wir werden The Ink Spot bitten, die Buchstaben zu drucken, damit die Leute uns helfen können, das Rätsel zu lösen. Jedenfalls muss ich los. Ich habe den Laden leer zurückgelassen.«

Sarah winkte mir zu, und ich eilte zurück über den Dorfplatz. Ich hatte meine Handschuhe vergessen und war erleichtert, den warmen Kaffeebecher zum Festhalten zu haben. Als ich Persnickety Potions & Gifts erreichte, fand ich Lea vor der Tür wartend. Sie trug einen leuchtend roten Wollmantel mit einem passenden Hut.

»Hallo, Tante Lea«, rief ich, als ich die Straße überquerte.

»Hallo, Liebes«, antwortete sie, als ich sie erreichte, und beugte sich vor, um mir einen Kuss auf die Wange zu geben.

»Du hättest reingehen können«, bemerkte ich, während ich meine Schlüssel aus meiner Handtasche fischte und die Tür aufschloss.

»Oh, ich weiß, aber ich wollte dich nicht erschrecken.«

Sie folgte mir hinein, zog ihre Handschuhe und ihren Hut aus, während ich mein »Bin zurück«-Schild abnahm und mich beeilte, hinter die Theke zu gehen, um meinen Mantel und meine Handtasche wegzulegen. Sie folgte mir nach hinten, hängte ihren Mantel an einen der Haken neben der Tür und stützte eine Hand in die Hüfte. »Ich muss einige Tränke herstellen. Ich hoffe, es macht dir nichts aus, dass ich herkomme, um das zu tun. Der Arbeitsplatz hier ist schön ruhig. Wir lassen gerade unsere Küche renovieren, und es macht mich wahnsinnig«, erklärte sie.

»Du bist immer willkommen, hier zu arbeiten. Was musst du herstellen?«

»Einige meiner Kräuterrezepte gehen zur Neige.« Sie hielt inne und senkte ihre Stimme, obwohl absolut niemand da war, der uns hören könnte. »Ich werde einen Liebeszauber für Emma mischen.«

Emma, meine Cousine und ihre Tochter, würde es ganz sicher *nicht* zu schätzen wissen, dass ihre Mutter einen Liebeszauber in ihrem Namen wirkte.

Die Glocke im Laden klingelte und zeigte an, dass jemand hereingekommen war. Als ich nach vorne ging, hielt ich inne, bevor ich durch den Perlenvorhang trat. »Tante Lea, du weißt, dass Emma wütend sein wird, wenn sie herausfindet, was du vorhast. Ich kann nicht glauben, dass du das überhaupt in Betracht ziehst. Lass sie die Dinge selbst herausfinden«, sagte ich im entschiedensten Ton, den ich aufbringen konnte.

Ich eilte nach vorne und bemerkte ihr Augenrollen, als ich mich abwandte. Meine Cousine Emma stand nicht unter dem Druck wie ich. Liam und ich waren für die Wicked-Good-Heirat in diesem Jahrhundert bestimmt, aber das bedeutete nicht, dass Emmas Mutter nicht einmischen wollte.

Obwohl die moderne Welt über das Zeitalter der arrangierten Ehen an den meisten Orten hinaus war, neigten Hexen- und Hexerfamilien dazu, sicherstellen zu wollen, dass ihre Familienmitglieder angemessen heirateten. *Angemessen* bedeutete, die Abstammung und die Position der Familien in der Machtstruktur zu berücksichtigen. Manchmal war das alles ein bisschen lächerlich.

Mit einem gedanklichen Kopfschütteln richtete ich meine Aufmerksamkeit auf die Gruppe von Kunden, die den Laden betreten hatte. Es war eine Touristengruppe aus der nahegelegenen Skihütte. Sie schlenderten umher und betrachteten Schmuck und Geschenke, einschließlich der dekorativen Zauberstäbe, die wir verkauften. Ich beantwortete höflich ihre Fragen und verkaufte ihnen ein Bündel Geschenke, bevor sie gingen.

Nachdem ich sie mit einigen Vorschlägen für Restaurants und andere Einkaufsmöglichkeiten in der Stadt verabschiedet hatte, ging ich wieder nach hinten, um nach Tante Lea zu sehen. Sie war beschäftigt am Arbeitstisch. Da wir unsere eigenen Tränke und Heilmittel herstellten, hatten wir alle Zutaten für grundlegende Tränke. Wir hielten hier nichts allzu Kompliziertes. Unsere beliebtesten Tränke waren: *Liebe bringt die Welt zum Drehen, Liebe findet ihren Weg, Verbessere deine Ehe, Gegen Gelenkschmerzen und Bist du wütend auf jemanden? Zerschmettere diese Flasche.*

Während die Namen albern erschienen, verkauften sich diese Tränke wie geschnitten Brot. Ich lehnte meine Hüfte an den Tisch und musterte Lea. »Bitte sag mir, dass du deine Meinung darüber geändert hast, einen Liebeszauber für Emma zu wirken.«

Tante Lea blickte auf und grinste. »Gut. Ich warte. Aber ich mag ihn. Ich möchte nur, dass sie endlich weitermachen.«

Sie bezog sich auf Jackson Howe, mit dem Emma vor ein paar Monaten begonnen hatte auszugehen. Er war ein Hexer aus einer absolut respektablen Familie. Er schien tatsächlich gut zu Emma zu passen. Nicht, dass ich es in Bezug auf das Zusammenpassen so betrachtete, wie unsere Eltern es taten, aber er war nett und witzig und mochte Emma offensichtlich. Er kannte sich auch gut mit den Gepflogenheiten von Charm Cove aus, sodass er wusste, wie man mit den Wellen des Klatsches und der Macht, die in der Stadt herumschwirrten, umgehen musste.

Lea goss etwas in eine Remediumsflasche und blickte wieder zu mir herüber. »Apropos Romantik, haben du und Liam darüber gesprochen, wann ihr heiraten wollt?«

Ich unterdrückte einen Seufzer. Wenn es eine Sache gab, die meine Familie nicht davon abhielt, in mein Liebesleben hineinzuschnüffeln, dann war es mein Ausdruck von Frustration. »Wir haben uns gerade erst verlobt.«

»Ich weiß. Der natürliche Verlauf ist, dass ihr als Nächstes eine Hochzeit plant. Es ist ein vorbestimmter Schluss, also warum zögerst du?«, fragte sie mit einem Lächeln.

Ich erinnerte mich, dass Tante Lea erst vor Monaten ihre eigenen Frustrationen geteilt hatte, als sie jünger war, bevor sie Jacob geheiratet hatte. Verstehst du, sie war eine Wicked, die Schwester meines Vaters, und dazu bestimmt, Jacob Good zu heiraten. Jacobs Zweig der Good-Familie kam nicht einmal aus der Gegend. Der Zauber war eindeutig, und seine Familie war nach Charm Cove gezogen, als er ein Junge war, um sicherzustellen, dass das Schicksal erfüllt wurde. Offensichtlich war ihr Mitgefühl für meine Gefühle, in Dinge gedrängt zu werden, nur von kurzer Dauer.

Als ich sie ansah, grinste sie und zuckte mit den Schultern. Ihre blauen Augen funkelten, als sie nach einer weiteren kleinen Flasche griff, um den Trank, den sie herstellte, hineinzugießen. Die Sache war, ich liebte Liam, und ich *wollte* ihn heiraten. Ich wollte es nur zu unseren Bedingungen tun, anstatt zu denen unserer drängelnden Familien. Wir hatten tatsächlich ein wenig über die Planung unserer Hochzeit gesprochen, aber wir hatten uns noch nicht festgelegt. Ich würde das nicht anbieten.

Ich verengte meine Augen und stützte eine Hand in die Hüfte. »Wir werden das schon herausfinden. Es wird *unsere* Hochzeit sein, das maßgebliche Wort ist *unsere* Hochzeit. Nicht deine und nicht die unserer gesamten Familien.«

Ich würde nicht durchsickern lassen, dass eine Idee, die Liam und ich in Betracht gezogen hatten, darin bestand, durchzubrennen und dann zurückzukommen und eine Party zu planen. Ich hatte das abgelehnt, wenn nur, weil ich wusste, dass es meiner Mutter das Herz brechen würde.

Lea schnalzte mit der Zunge und wandte ihre Aufmerksamkeit von mir ab, während sie vorsichtig einen Trank abmaß. »Ich mache nur Spaß, Liebes. Ich denke, du wirst es von mehr als nur von mir hören. Von allen werden Jacob und ich die meiste Geduld haben. Wie ich dir schon sagte, wenn du denkst, es sei jetzt schlimm, sei froh, dass fünfunddreißig Jahre vergangen sind. Die modernen Zeiten helfen. Aber nun weiter, warst du heute Morgen bei The Ink Spot?«

»Natürlich. Sally war da und sagte, sie würde mit Albert darüber sprechen, es bis morgen zu drucken.«

»Oh, perfekt. Die Zwillinge sind so aufgeregt. Celia war heute Morgen online und gab die Buchstaben in einen Satzbastler ein. Es gibt Hunderte von Optionen. Es wird helfen, wenn Leute aus der Gemeinschaft danach suchen, weil jemand wissen könnte, was am sinnvollsten ist.«

Beim Klingeln der Glocke im Laden eilte ich davon. »Zurück zur Arbeit«, rief ich über meine Schulter.

———

Später am Nachmittag, nachdem Lea gegangen war, waren die Zwillinge im Laden und versahen alles in unserem neuen Bestand mit Preisen und sortierten es in die Regale im hinteren Teil. Ich bediente die Kasse, als mein Bruder Gabriel vorbeikam.

»Was gibt's?«, fragte ich, als er durch die Tür kam.

Gabriel blitzte ein Grinsen auf. »Ich wollte nur Hallo sagen. Ich war bei der Bank, und du bist nur zwei Türen weiter.« Er lehnte eine Hüfte gegen die Vitrine, während er sich im Laden umschaute.

»Bitte sag mir, dass es keinen weiteren Vandalismus bei Mystic Maple gab.«

Er schüttelte den Kopf. »Nein, nichts seit gestern. Ich habe ein Paket bei der Post abzuholen, also gehe ich als Nächstes dorthin. Ich vermute, es ist das Sicherheitssystem, das ich bestellt habe, mit Kameras und allem.«

»Warum hast du nicht einfach Windy Bay Security benutzt?«, fragte ich und verwies auf ein Sicherheitsunternehmen in der nächsten Stadt, das Unternehmen und Häuser in Charm Cove bediente.

»Oh, ich habe vergessen, es dir zu sagen. Ich hatte überlegt, das zu tun, aber dann habe ich mit Stan Ouellette gesprochen. Sie haben ein System von dort, und es war nutzlos. Alle Sicherheitsaufnahmen waren während dieser Zeit leer. Das lässt mich vermuten, ob das Sicherheitsunternehmen etwas mit der ganzen Sache zu tun hat. Aber meines Wissens haben sie keinen Anteil an einem der großen Ahornzuckergeschäfte.«

»Hast du das Daniel erzählt?«

Gabriel nickte. »Ja, war heute Morgen dort. Hätte dich gestern Abend anrufen sollen, aber ich war beschäftigt. Ich habe gestern Abend online ein System mit Übernachtlieferung bestellt.«

Ich trommelte mit den Fingerspitzen auf die Theke, während ich über das Sicherheitsunternehmen nachdachte und versuchte, mir zu überlegen, was ich über die Familie wusste, der es gehörte. Ich wusste nichts Bemerkenswertes über sie. Es gab keine Hexen oder Hexer in der Familie. Man sollte meinen, dass Sicherheit hier nicht viel Geld einbringen würde, aber sie deckten viele der Nachbarstädte und die Unternehmen ab, die während des Sommers bei dem Zustrom von Touristen Sicherheit brauchten.

»Nun, das ist interessant. Ich weiß nicht, was ich von den leeren Sicherheitsaufnahmen halten soll. Was denkt Daniel?«, fragte ich.

Gabriel lachte. »Er sagte das Gleiche, dass es interessant sei. Ich bin sicher, er wird der Sache nachgehen. In der Zwischenzeit habe ich eines dieser Fernsysteme bestellt, das ich selbst überwachen kann. Auf diese Weise muss ich mich nicht auf jemand anderen und deren Ausrüstung verlassen. Übrigens, willst du dich später im Enchanted Spirits treffen? Bin auf Nathan gestoßen, und wir treffen uns dort.«

»Klar, Liam und ich werden vorbeikommen. Wir müssen die Zwillinge nach Hause bringen, nachdem ich heute Abend schließe, aber das wird nicht lange dauern.«

Gabriel richtete sich auf und stieß sich von der Vitrine ab. »Ich gehe zur Post und treffe dich dann heute Abend.«

KAPITEL ACHT

Nicht viel später war Ladenschluss. Ich hatte Liam gesagt, dass ich nach der Arbeit mit den Zwillingen zum Ahornbonbonladen gehen wollte, also plante er, uns dort abzuholen. Die Zwillinge waren aufgeregt. Erstens liebten sie Ahornbonbons, aber wichtiger noch, sie liebten es, Teil von allem zu sein, was mit dem Lösen von Geheimnissen zu tun hatte. Nachdem sie bei ihrer Detektivarbeit geholfen hatten, den Mann zu fangen, der eine Reihe von Einbrüchen in der Stadt begangen hatte, hatten wir gemeinsam beschlossen, dass es besser war, sie in alles einzubeziehen, was wir konnten, anstatt dass sie Dinge auf eigene Faust unternahmen.

Auf diese Weise konnten wir sie im Auge behalten. Ich fand, ein Besuch im Ahornbonbonladen war sicher genug, und wir mussten mit der Frau sprechen, die ihn betrieb.

Celia kam hüpfend aus dem hinteren Bereich, ihr Pferdeschwanz schwang hin und her und ihre blauen Augen funkelten. »Sind wir bereit zu gehen?«, fragte sie.

»Fast, lass mich zuerst im hinteren Bereich die Zauber wirken.«

Ich eilte nach hinten und fand Delia, die gerade ihren Mantel anzog. Die beiden sahen sich so ähnlich, dass jeder, der nicht zur Familie gehörte, sie leicht verwechselte.

Ich war gerade dabei, den Schutzzauber selbst zu sprechen, als ich mich erinnerte, dass ich versprochen hatte, die Zwillinge üben zu lassen. »Okay, bist du bereit?«, fragte ich und sah sie an, während sie herüberkam.

Delias blaue Augen wurden heller und sie nickte. Sie schloss die Augen, holte tief Luft und kreiste dann mit ihrem Handgelenk. Ein lavendelfarbenes Schimmern erschien in der Luft, bevor sie die Augen öffnete. »Prüf es«, sagte sie.

Ich überprüfte es schnell und spürte, dass der Zauber wirkte. »Du hast es geschafft! Okay, jetzt kümmere ich mich um den Blockierzauber.« Mit einer Handbewegung fügte ich einen weiteren Zauber hinzu, um zu verhindern, dass etwas hineingebracht wurde. Nicht dass wir uns große Sorgen machen müssten, aber ich zog es vor, kein Risiko einzugehen. Blockierzauber erforderten etwas mehr Arbeit als Schutzzauber.

Die Zwillinge hatten Magie. Tatsächlich waren sie ziemlich mächtig und hatten bereits die Fähigkeit entwickelt, Menschen an Ort und Stelle festzuhalten. Aber sie verfügten noch nicht über die Bandbreite an Zaubern wie erwachsene Hexen. Ich konnte mir vorstellen, dass sie bald so weit sein würden.

Dann brachen wir auf. Wir schlossen ab und wiederholten die Zauber an der Vorderseite. Ich kümmerte mich selbst darum, weil wir weitergehen mussten und keine Aufmerksamkeit erregen durften. Es war ein grauer, bewölkter Winterabend. Die untergehende Sonne färbte die Wolken in Rosa und Lavendel, als wir die Straße zum Maple Mayhem hinuntergingen.

Maple Mayhem wurde nicht von einer Hexenfamilie betrieben, obwohl die Familie Sweet seit mehreren Generationen in Charm Cove ansässig war. Die Sweets waren Hexen gegenüber freundlich gesinnt und wussten von deren Kräften, da einige ihrer Familienmitglieder im Laufe der Generationen in Hexenfamilien eingeheiratet hatten.

Es war ein niedliches kleines Geschäft in einem alten renovierten Haus, wie viele Geschäfte. Anders als bei manchen Unternehmen wohnte die Familie nicht hier, da sie im Obergeschoss des alten Hauses Süßigkeiten herstellte. Das Erdgeschoss war der Verkaufsbereich des Geschäfts, während sich im Obergeschoss die gesamte Produktionsausrüstung befand. Sie verkauften alles, was man aus Ahornsirup zu Süßigkeiten verarbeiten konnte.

Als ich eintrat, atmete ich tief ein. Der Ort roch köstlich nach Ahorn. Eine der Besitzerinnen, Helen, bediente gerade einen Kunden an der Verkaufstheke, die die gesamte Rückwand einnahm. Die Zwillinge und ich schlenderten umher. Der Laden war noch gut bestückt, obwohl ich von dem spontanen Treffen im Enchanted Spirits nach dem Diebstahl wusste, dass ihre Vorräte innerhalb eines Monats zur Neige gehen würden. Ich konnte mir vorstellen, dass sie sich Gedanken darüber machten, ob sie jetzt schon Dinge aus den Regalen nehmen oder abwarten und auf das Beste hoffen sollten.

»Mädchen, sucht euch ruhig ein paar Dinge aus, die ihr möchtet«, sagte ich.

Sie schenkten mir identische Grinsen und begannen eifrig zu suchen. Ich schaute mich beiläufig um, während ich darauf wartete, dass Helen mit dem Kassieren des Kunden fertig wurde. Sobald sich der Kunde abwandte, ging ich direkt zur Theke. »Hallo, Helen«, sagte ich.

Sie blickte mit einem Lächeln zu mir herüber. »Oh, hallo Moira, was kann ich für dich tun?«

»Ich bin sicher, die Zwillinge werden ein paar Sachen finden, aber ich wollte nur nachfragen und sehen, wie es angesichts all der Vorfälle läuft.«

Helen presste die Lippen aufeinander und seufzte. »Wir kommen vorerst zurecht, aber ich habe Schwierigkeiten, andere Lieferanten für Ahornsirup zu finden. Dies ist die Jahreszeit, in der alle für den Sommer aufrüsten. Wir werden bald in Schwierigkeiten stecken, wenn wir nicht schnell eine lokale Lösung finden. Hast du etwas gehört?«, fragte sie.

»Ein paar Dinge hier und da«, antwortete ich und fasste schnell die verschiedenen Spekulationen zusammen, darunter die Jugendlichen, die Ärger machten, den Hexenmeister auf dem potenziell zwangsversteigerten Grundstück und dann meine neuesten Nachrichten von Gabriel über die Sicherheitssysteme.

Sie nickte zustimmend und bestätigte, dass das Einzige, was sie wusste, das Detail über die Sicherheitskameras war, die bei denjenigen nicht funktionierten, die welche hatten.

»Ich weiß allerdings nicht, was ich davon halten soll. Die Familie, die das Sicherheitsunternehmen betreibt, hat keine Magie. Soweit wir wissen, haben sie keine Verbindung zu den Ahornsirup-Betrieben. Ich denke, unsere beste Vermutung ist Tom Lewis auf diesem alten Grundstück. Er wäre in der Lage, etwas mit dem Ahornsaft anzufangen, im Gegensatz zu fast allen anderen.«

»Ich fühle mit ihm, aber was für ein Durcheinander«, sagte sie. »Ich nehme an, Daniel weiß das alles.«

»Natürlich weiß er das. Ich hoffe, dass es uns vielleicht hilft, uns auf etwas oder jemanden zu konzentrieren, wenn The Ink Spot die Buchstaben druckt.«

»Ich hoffe es wirklich, denn ich kaufe lieber lokal ein. Ich habe einen Ort in Vermont, der mir möglicherweise eine Lieferung besorgen könnte, bis meine Rücklagen aufgebraucht sind. Wie auch immer, es wird mich ein Vermögen kosten, weil es eine kurzfristige Bestellung ist. Wenn ich im Voraus bestelle, bekomme ich Rabatte. Ich freue mich nicht auf diesen Sommer, wenn wir das nicht bald in Ordnung bringen.«

»Nun, viele Leute sind deswegen in Aufruhr, also bin ich sicher, dass wir es schaffen werden.«

»Moira, wir sind bereit«, rief Celia, als die Zwillinge um eine der Verkaufsvitrinen herumkamen. Der kleine Einkaufskorb, den sie an der Tür mitgenommen hatten, war fast voll.

»Mädchen, ich sagte, ihr könntet *ein paar* Dinge bekommen«, sagte ich lachend, als sie sich der Theke näherten.

Delia zuckte mit den Schultern. »Was ist ein paar?«

»Das sind drei, und das wisst ihr ganz genau, wenn wir konkret werden wollen. Schränkt es bitte auf drei Sachen pro Person ein.«

Helen hinter der Theke kicherte mit mir. Die Zwillinge durchsuchten gehorsam den Korb, wählten ihre drei Lieblingsartikel aus und brachten den Rest zurück in die Regale.

Während Helen uns abrechnete, kam Liam herein, schritt auf uns zu und zwinkerte mir zu, als ich zu ihm hinüberblickte. Natürlich ließen dieses kleine Zwinkern und sein halbes Grinsen meinen Bauch ein wenig kribbeln. Ich hoffte, dass irgendwann einmal der Tag kommen würde, an dem er mich nicht mehr so leicht beeinflussen konnte. Nicht, dass es mich an sich störte, aber trotzdem.

»Hey«, sagte er, als er neben mir ankam und kurz innehielt, um mir einen Kuss auf die Wange zu drücken.

»Das macht zweiundzwanzig Dollar glatt«, sagte Helen.

»Ich übernehme das«, sagte Liam schnell und reichte seine Kreditkarte herüber, bevor ich überhaupt die Chance hatte, meine Brieftasche aus meiner Handtasche zu holen.

»Ich kann das bezahlen«, widersprach ich.

»Ich weiß, aber ich übernehme es«, sagte er mit einem weiteren Zwinkern.

Als wir ein paar Minuten später hinausgingen, mit Liams warmer Hand auf meinem unteren Rücken und den Zwillingen neben uns, blickte ich nach oben. »Ich habe Gabriel gesagt, dass wir uns später in der Bar treffen könnten. Ich wollte dir eine Nachricht schicken.«

»Da Nathan mir bereits darüber geschrieben hat, wollte ich dir das Gleiche sagen.«

Nachdem wir die Zwillinge zu Hause abgesetzt hatten, gingen wir zurück in die Stadt für einen Abend mit Freunden im Enchanted Spirits. Wärme umhüllte uns, als wir eintraten. Die kleine, gemütliche Bar war voll mit Freunden und Bekannten. Liams Hand war warm um meine, als wir uns durch die Tische schlängelten und Nathan und Gabriel mit meiner Cousine Emma und ihrem Freund Jackson fanden.

»Haben einen Tisch, der groß genug für euch zwei ist«, sagte mein Bruder mit einem Zwinkern und deutete mit seinem Kinn auf die beiden leeren Stühle, die noch um den runden Tisch standen. Liam und ich setzten uns, während er mit einer Handbewegung die Aufmerksamkeit der Kellnerin auf sich zog.

»Und, wie läuft's?«, fragte Liam Nathan.

»Alles beim Alten. Ich habe heute meine Kameras installiert. Gott sei Dank habe ich gestern mit dir gesprochen«, sagte er und richtete seinen Blick auf Gabriel.

»Du meinst, weil du es fast mit diesem lokalen Sicherheitsunternehmen eingerichtet hättest?«, fragte Gabriel.

»Verdammt ja, das wäre ein Chaos gewesen. Ich weiß nicht, ob sie etwas getan haben, aber wenn ich Sicherheit haben will, würde ich vorziehen, dass sie auch tatsächlich funktioniert.«

»Seitdem du das erwähnt hast, habe ich mich über die leeren Aufnahmen des Sicherheitsunternehmens gewundert. Vielleicht hat jemand einen Zauber auf sie gelegt.«

Gabriel nickte und hielt inne, um einen Schluck von seinem Bier zu nehmen. »Ich dachte das Gleiche. Ich möchte kein Risiko eingehen, falls sie etwas im Schilde führen.«

»Genau meine Gedanken«, fügte Nathan hinzu.

Unsere Kellnerin kam an, und wir bestellten Getränke und ein paar Vorspeisen zum Knabbern.

»Also diese Ahornsache ist ein großes Geschäft«, bemerkte Jackson, nachdem die Kellnerin mit unserer Bestellung davongeeilt war.

»Verdammt richtig. Der Betrieb des Leuchtturms bringt mir kein Einkommen, wegen der Art, wie wir ihn als nationales Wahrzeichen eingerichtet haben. Das Ahornsirup-Geschäft macht den größten Teil meines Einkommens aus, und ich bin nicht einmal der größte Betrieb in der Stadt«, erklärte Nathan.

»Ja, ich kann nicht sagen, dass ich es für das Geld angefangen habe, aber ich wollte diversifizieren«, fügte Gabriel hinzu. »Meine Online-Arbeit ist großartig und hält mich beschäftigt, aber ich mag es nicht, den ganzen Tag an meinen Computer gefesselt zu sein. Ich habe eine Menge Geld investiert, um alles wieder auf Vordermann zu bringen. Ich werde wegen dieser Aktion einen großen Verlust machen.«

»Wissen wir, wann The Ink Spot die Buchstaben drucken wird?«, fragte Emma.

»Sally sagte, wahrscheinlich morgen. Ich habe heute Nachmittag angerufen, und sie hat bestätigt, dass Albert die Erlaubnis gegeben hat, es zu drucken. Sally ist ganz begeistert davon, es in ein Kreuzworträtsel mit Sätzen zu verwandeln. Ich möchte nur sehen, ob jemand helfen kann, herauszufinden, was der Satz sein könnte. In der Zwischenzeit denke ich, dass jemand, vorzugsweise mehr als einer von uns, Tom Lewis einen Besuch abstatten sollte. Nachdem ich mit Isobel gesprochen hatte, hat meine Mutter nachgeforscht. Das Grundstück gehörte der Familie seiner Frau. Es sollte an ihre Familie zurückfallen, wenn sie keine Kinder haben würden. Ich glaube nicht, dass das ihre

Absicht war, aber so war die Urkunde aufgesetzt, also steckt er finanziell in der Klemme. Sie betrieben früher ein ziemlich großes Ahornsirupgeschäft auf dem Hof. Also, wer möchte mit mir mitkommen, um ihn zu besuchen?«

Ich spürte Liams Blick auf mir. Ich schaute hinüber, als unsere Kellnerin mit unseren Getränken und Vorspeisen ankam. »Was?«, fragte ich, sobald unsere Kellnerin weggegangen war.

»Warum musst du dich immer freiwillig melden?«, fragte er mit einem Glitzern in den Augen.

Ich steckte mir eine Süßkartoffel-Pommes in den Mund und zuckte mit der Schulter. »Keine Ahnung.«

Emma mischte sich ein. »Weil sie neugierig ist.«

Ich warf ihr einen bösen Blick zu, während Liam kicherte und Gabriel zustimmend nickte. »Moira will immer mittendrin sein.«

»Hey, ich bin diejenige, die für ein paar Jahre aus der Stadt weggegangen ist.«

»Ja, und sobald du zurück warst, warst du mitten in allem«, neckte Gabriel.

»Es war nicht meine Schuld, dass ich zufällig da war, als eine Leiche im Brunnen auftauchte«, protestierte ich.

»Es ist okay, ich bin auch neugierig. Ich gehe morgen mit dir«, bot Emma mit einem Lächeln an.

Jackson schaute sie an und schüttelte den Kopf. »Vielleicht sollte einer von uns mit euch beiden gehen. Ich habe Tom Lewis seit Jahren nicht gesehen, aber er ist ein mürrischer alter Mann.«

»Einverstanden«, sagte Liam. »Wir haben früher Holz von ihm gekauft. Mein Vater schwört, er sei ein guter Kerl. Ich bin sicher, das ist er, aber freundlich ist nicht das Wort, das mir in den Sinn kommt. Er war zu seiner Zeit ein verdammt mächtiger Hexenmeister, also ist er jetzt nur noch mächtiger.«

»Nun, Emma und ich gehen, also sollte, wer immer mitkommen möchte, sich uns anschließen.«

»Was ist der Sinn davon?«, fragte Gabriel.

»Er ist ein Verdächtiger. Wir könnten genauso gut nachsehen, ob etwas im Busch ist«, sagte Emma.

»Wenn er etwas verbirgt, bin ich mir nicht sicher, ob der beste

Weg, es herauszufinden, darin besteht, an seiner Tür aufzutauchen«, fügte Liam hinzu.

»Dann mache ich einfach mein Ding«, sagte ich, bevor ich einen Schluck Wein nahm. Ich spürte Liams Seufzen. »Was?«, fragte ich und sah wieder zu ihm auf. Ich schnappte mir eine weitere Süßkartoffel-Pommes und tauchte sie in die cremige Meerrettichsoße.

»Ding?«, fragte Jackson.

»Moiras praktische Fähigkeit, sich in Orte hinein und wieder heraus zu transportieren. Es ist irgendwie heimlich«, erklärte Emma.

Jacksons Augenbrauen zogen sich nach oben. »Praktisch. Wohin würdest du gehen?«

»Nun, der einzige Ort, an den wir gehen müssen, um zu sehen, ob etwas mit dem Ahornbetrieb passiert, ist die alte Sirupscheune. Ich bin mit der Anordnung dort nicht sehr vertraut, aber ich erinnere mich, dass ich als Kind dort war. Meine Mutter holte jedes Jahr etwas Ahornsirup von ihnen, bevor sie anfing, ihre eigenen Bäume anzuzapfen. Die Scheunen liegen weiter unten an der Straße, wo das Haus steht.«

»Sie haben eine Menge Land«, fügte Gabriel hinzu. »Es ist mies, aber ich verstehe, warum ihre Familie die Urkunde so aufgesetzt hat. Dieses Grundstück ist eine Menge Geld wert.«

»Menschen sind seltsam, wenn es um Geld geht«, bemerkte Liam.

»Wie auch immer, wir sollten einen Besuch abstatten. Ich meine, er steht auf der Liste der möglichen Verdächtigen. Der einzige Weg, ihn auszuschließen, besteht darin, dorthin zu fahren. Es ist einfach genug, wenn ich mich in die Scheune transportiere, wo die Sirupausrüstung ist.«

Emma nickte zustimmend, während Gabriel die Augen verdrehte und den Kopf schüttelte. Ich spürte, dass Liam von meinem Plan nicht begeistert war, aber ich hatte das auch nicht erwartet. Für Situationen wie diese war diese besondere Fähigkeit von mir recht nützlich.

Als wir später an diesem Abend nach Hause zurückkehrten, sprang Ghost auf Liams Schulter, als wir eintraten. Liam fing ihn schnell auf, bevor Ghost auf den Boden springen konnte. Ghost warf ihm einen finsteren Blick zu, begann aber zu schnurren, als Liam ihn unter dem Kinn kratzte, bevor er ihn auf den Boden setzte.

Nachdem wir unsere Mäntel aufgehängt und unsere Schuhe abgestreift hatten, machte Liam ein Feuer im Kamin, und ich ging in die Küche, um Ghost ein ziemlich spätes Abendessen zu holen. Es war nicht so, als ob Ghost nicht die ganze Zeit Futter hätte, aber er war völlig verwöhnt, und ich gab ihm morgens und abends Nassfutter. Er wartete geduldig, sein Schwanz zuckte, als ich einen Löffel Futter in seine Schüssel gab.

Ich ließ Ghost sein Abendessen genießen und ging ins Wohnzimmer. Liam schaute auf, als das Feuer in den Holzscheiten Fuß fasste. Ich blieb vor ihm stehen und begegnete seinem nachdenklichen Blick. »Was?«, fragte ich.

Er ergriff eine meiner Hände und zog mich näher zu sich. Ich stieß leicht gegen ihn, mein Puls schnellte in die Höhe. »Du siehst besorgt aus«, fügte ich hinzu.

»Ich frage mich nur, wann ich dich überreden kann, dich nicht in zufällige Orte zu transportieren, wenn wir nicht sicher sind, ob es sicher ist«, sagte er mit einem leisen Lachen.

»Es ist nicht wirklich zufällig. Außerdem ist es eine gute Option. Ich kann imich immer genauso schnell wieder heraustransportieren.«

Sein Daumen strich über meine Knöchel, während er mich ruhig betrachtete. »Ich weiß, dass es vielleicht eine gute Idee ist, aber du gehst nicht allein.«

»Ich will nicht allein gehen. Du kannst mitkommen, Emma wird da sein, und Gabriel will auch mitkommen.«

Liams Augen glitten über mein Gesicht, als er langsam nickte. »Lass es uns lieber früher als später tun.« Dann senkte er seinen Kopf und legte seinen Mund auf meinen. Wie praktisch, dass ich vergaß, mich um gestohlenen Ahornsaft und fehlende Eimer zu sorgen.

KAPITEL NEUN

Wegen verschiedener Umstände dauerte es ein paar Tage, bis wir uns alle auf Tom Lewis' Hof treffen konnten. Wie geplant waren Liam, Emma, Gabriel, Jackson und ich dabei. Jackson hatte sich entschlossen mitzukommen, weil er sich um Emma sorgte.

Liam war am Tag zuvor hinausgefahren, um am Rande des Grundstücks entlangzufahren und einen Eindruck davon zu bekommen, was sich wo befand. Er und Gabriel würden im Auto warten, während ich zum Hof teleportieren würde. Emma und Jackson wollten versuchen, mit Tom am Haus zu sprechen.

Es war ein kalter, windiger Tag, aber ich wusste ohnehin nicht, ob es im Spätwinter überhaupt einen Tag gab, der nicht so beschrieben werden konnte. Der Himmel leuchtete in strahlendem Blau und die Sonne glitzerte auf dem Schnee. Es war bitterkalt, der Wind fegte über die Felder und wirbelte den Schnee in Kreisen auf.

Wir hielten am Straßenrand etwa eine Meile vor Toms Einfahrt an. Emma rief auf meinem Handy an. »Okay, sind wir bereit?«

»Ja. Ihr geht zuerst, und hoffentlich ist er zu Hause. Sobald ihr mir per SMS bestätigt, dass er tatsächlich da ist, werde ich in die Scheune teleportieren.«

»Verstanden. Ihr fahrt jetzt zu den Scheunen, richtig?«

»Das ist der Plan. Lasst es uns tun«, antwortete Liam.

Vor uns bog Jackson in die lange Einfahrt ab, die zu Tom Lewis' Haus führte. Währenddessen fuhr Liam etwa eine halbe Meile an dieser Einfahrt vorbei und bog in das Ende der Zufahrt ein, die zu den Scheunen führte, in denen einst die Ahornsirup-Produktion stattgefunden hatte.

Nach einigen Augenblicken vibrierte mein Handy mit einer SMS von Emma. »Er ist hier!«

Ich warf Liam einen Blick zu. »Ich gehe rein.«

»Pass auf dich auf, Schwesterherz«, sagte Gabriel hinter mir. Ich schaute mit einem Augenzwinkern über meine Schulter. »Immer. Da Emma und Jackson mit Tom reden, habe ich ein bisschen Zeit.«

Als ich wieder zu Liam blickte, hielt er ruhig meinen Blick fest. »Sei vorsichtig. Versprich mir, dass du von dort verschwindest, wenn irgendetwas komisch erscheint.«

»Du kennst mich doch.«

Ich lehnte mich über die Mittelkonsole und küsste ihn schnell. Nach einem tiefen Atemzug schloss ich die Augen und konzentrierte meine gesamte Energie. In einem Moment stieg die Magie in mir zu einem Höhepunkt an und glitzernder Rauch erschien vor meinen Augen. Ich öffnete die Augen und sprach den Zauber. Es war ein bisschen wie eine Frisbee zu werfen und durch einen Tunnel zu gleiten.

Nach einem rasenden Moment erschien ich in der Mitte der Ahornsirup-Scheune. Es war völlig ruhig und fühlte sich verlassen an. Der Raum war weitläufig, mit Reihen von staubbedeckten Geräten. Im hinteren Teil gab es ein paar Türen, die vermutlich zu Büros und vielleicht zu einer Toilette führten.

Obwohl mein erster Eindruck war, dass es nichts Besorgniserregendes gab, dachte ich, ich könnte genauso gut alles überprüfen. Auch wenn der Raum sich so anfühlte, als wäre er leer, schlich ich leise nach hinten und öffnete die Türen. Da war eine Toilette, was wohl ein Pausenraum gewesen war, als das Unternehmen noch in Betrieb war, und ein Büro.

Das Einzige, was auffiel, war ein einzelner Saft-Eimer, der auf dem Schreibtisch im Büro stand. Dieser Eimer hatte ein Etikett von Munns Maple, einem der größten Ahornsirup-Unternehmen in Charm Cove.

Ich vermutete sofort, dass dieser Eimer genau wie alle anderen hierher transportiert worden war. Auf Zehenspitzen ging ich hinüber und schaute hinein, wenig überrascht, wieder einen gefalteten Zettel zu sehen. Gerade als ich in den Eimer griff, um ihn herauszuholen, gab es einen Tumult in der Scheune.

»Wer zum Teufel glaubst du eigentlich, wer du bist?«, donnerte eine Stimme.

Oh je, oh Mist. Es schien, als wäre ich erwischt worden.

Ich überlegte, ob ich mich wegteleportieren sollte oder nicht. Bevor ich die Chance hatte, erklang Emmas Stimme. »Moira!«

Ich stöhnte innerlich. Ich griff in den Eimer, schnappte mir das kleine Stück Papier und steckte es in meine Tasche. Nach einem tiefen Atemzug ging ich aus dem Büro. Tom Lewis stand da, und Emma eilte hinter ihm in die Scheune. Sie fing meinen Blick auf und zuckte entschuldigend mit den Schultern. Sie wirkte nicht ängstlich, und ich spürte nicht, dass Tom irgendeinen Schaden anrichten wollte, obwohl er ziemlich verärgert zu sein schien.

Tom Lewis starrte mich an und sah ein bisschen zu sehr wie die stereotype Vorstellung eines uralten Hexenmeisters aus. Sein silbernes Haar war wild und durcheinander, stand in kleinen Büscheln überall von seinem Kopf ab. Sein Bart ging in alle Richtungen, und seine blauen Augen waren hell und direkt auf mich gerichtet. Zu allem Überfluss hielt er einen Zauberstab in seiner Hand. Im Moment hoffte ich auf das Beste, denn er richtete den Zauberstab nicht in irgendeine Richtung.

Nicht so passend zur Vorstellung eines uralten Hexenmeisters war seine abgewetzte Jeans-Latzhose und sein kariertes Flanellhemd. Emma erreichte seine Seite. »Moira wollte keinen Schaden anrichten, Tom. Wir haben nur...«

Ihre Worte verstummten, als er seinen Blick von mir losriss und sie mit einem Starren durchbohrte. »Ich mag alt sein, aber ich bin nicht dumm. Typisch für eine Wicked, sich ohne Erlaubnis auf mein Grundstück zu teleportieren. Was zum Teufel glaubst du eigentlich, was du hier tust?«

Er gestikulierte mit seinem Zauberstab, während er sprach. Ich betrachtete ihn und dachte, dass es nicht so wirkte, als wolle er mich oder irgendjemanden verletzen. »Tom, es tut mir leid. Bei allem, was im Zusammenhang mit dem Ahornsirup-Diebstahl passiert, gab es Bedenken, dass Sie etwas damit zu tun haben könnten.« Ich entschied mich für die einfache Wahrheit in der Hoffnung, dass das helfen würde.

Liam kam durch die Tür gerannt, mit meinem Bruder und Jackson direkt hinter ihm. Seine Augen wanderten von Tom zu mir, aber ich sah, wie die Anspannung in seinem Blick leicht nachließ, als er zu einem Gehen verlangsamte.

Tom schloss die Augen und schüttelte langsam den Kopf. »Ha. Darauf hätte ich auch kommen sollen. Ich habe keine Zeit, mich um all diesen Ahornsirup zu kümmern, auch wenn ich die Ausrüstung dafür habe«, sagte er und gestikulierte in der Scheune herum. Er holte tief Luft und ließ sie mit einem Seufzer entweichen, wobei er seinen Zauberstab in eine Tasche an der Seite seiner Latzhose gleiten ließ.

Ein weiterer Teil der Anspannung in mir löste sich auf. Es war klar, dass er uns nichts Böses wollte. Er hatte jedes Recht, verärgert zu sein, dass ich hier drin war. Ich entschied, dass Schweigen in diesem Moment meine beste Option war.

Tom seufzte erneut, als er sich mit der Hüfte gegen den Stahltisch lehnte, der durch die Mitte des Raumes verlief.

»Nicht, dass es in Ordnung wäre, dass du dich hier herteleportiert hast, während der Rest von euch versucht hat, mich abzulenken«, er machte eine Pause, sein Blick wanderte zwischen uns hin und her, »aber als ich spürte, dass jemand hier drin war, dachte ich, es wäre der gierige Cousin meiner verstorbenen Frau Hettie. Viele von euch sind wahrscheinlich zu jung, um das zu wissen, aber unter anderem kann ich eine magische Präsenz überall dort spüren, wo ich einen Schutzkreis gezogen habe. Das ist in größeren Bereichen ein bisschen schwierig, aber Hettie und ich haben hier fünfzig Jahre zusammen gelebt. Sie haben mich mit einer gefälschten Urkunde für dieses Grundstück vor Gericht gezerrt. Sie stand der Familie ihres Vaters nicht nahe und hat dieses Grundstück von ihrer Mutter geerbt. Ihr Cousin Ronald steckt hinter dem ganzen Schlamassel. Sie glauben, sie hätten Anspruch auf dieses Land, obwohl es ihnen nie gehört hat. Ich musste sie schon ein paar Mal verjagen.«

Er schüttelte den Kopf und lachte leise. Er hob eine Hand und gestikulierte im weitläufigen Raum herum. »Schaut euch um. Hier läuft nichts. Dieser Eimer im Büro ist gestern aufgetaucht. Jemand hat ihn natürlich mit Magie hierher geschickt. Ich wollte ihn abholen, um ihn zur Polizei zu bringen. Bin nur noch nicht dazu gekommen.«

Mein Herz zog sich für den alten Tom zusammen. Er war ein mächtiger Hexenmeister, und es klang, als wäre er wegen dieses Grundstücks in eine schwierige Lage gebracht worden. Emmas schmerzerfüllter Blick traf meinen.

»Es tut mir leid, Tom. Gibt es irgendeine Möglichkeit, wie wir bei der Sache mit dem Grundstück helfen können?«, fragte ich und fühlte mich dumm, dass wir ihn überhaupt verdächtigt hatten.

Tom richtete sich auf, stieß seine Hüfte vom Tisch und ging langsam. Sein Alter zeigte sich, jeder Schritt war vorsichtig und bemessen. »Nein. Es sollte sich von selbst regeln. Sie haben die gefälschte Urkunde eingereicht, nachdem sie das Grundstück von ihrer Mutter geerbt hatte. Sie wollen das Grundstück nur wegen des Geldes. Hettie hat gute Aufzeichnungen geführt, und alles ist in Ordnung. Muss nur den Prozess durchlaufen. Ich wollte dich sowieso anrufen«, sagte er, schwenkte zu uns zurück, wo wir in der Mitte der Scheune standen, und richtete seinen Blick durchdringend auf meinen Bruder.

»Oh?«, sagte Gabriel.

»Genau. Obwohl ich bereit bin, wegen der Urkunde zu kämpfen, stand in der Schwachsinnsurkunde, die sie eingereicht haben, dass, wenn die Ahornsirup-Produktion laufen würde, man sie in Ruhe lassen würde. Ich habe gehört, dass du den Betrieb deines alten Onkels wieder aufgenommen hast. Stimmt das?«

Gabriel nickte langsam. »Das stimmt. Ich bin mir nicht sicher, was das mit diesem Ort zu tun hat.«

»Nun, ich werde es dir anbieten, damit du damit machen kannst, was du willst. Wenn du es zum Laufen bringst, gehört es dir. Das Grundstück ist getrennt von unserem Haus. Alles, worum ich dich bitte, ist, dass du es richtig machst und mich nicht verarscht. Nichts von diesem Unfug mit Herumschleichen.«

Gabriel lachte leise.

»Das war meine Idee«, warf ich ein, weil ich das Gefühl hatte, die

Schuld genau dort platzieren zu müssen, wo sie hingehörte - bei mir. Die Wahrheit war, dass wir nicht hier wären, wenn ich nicht die Fähigkeit gehabt hätte, hierher zu teleportieren.

Toms Augen funkelten, als er mich anschaute. »Du hast mehr Kraft als Verstand im Moment. Du musst mir deine Antwort nicht jetzt geben«, sagte er und sah wieder zu meinem Bruder. »Denk darüber nach, aber ich habe hier viel mehr Platz als du auf dem alten Hof deines Cousins.«

»Ich weiß das Angebot zu schätzen«, sagte Gabriel mit einem Nicken. »Ich werde es mir überlegen, aber es wäre ein kluger Schritt, wenn ich tatsächlich aus dem Platz meines Onkels etwas machen will. Er grenzt ohnehin auf der weit entfernten Seite an dieses Grundstück an.«

»Genau. Deshalb dachte ich, dich anzurufen. Es gibt einen Streifen Ahornwald, der durch dieses Gebiet verläuft, weshalb es hier mehrere Ahornsirup-Höfe gibt«, sagte Tom. »Bist du sicher, dass du das machen willst, bei allem, was gerade passiert?«

»Ich denke, das wird vorübergehen«, meinte Liam.

Tom zwinkerte mir zu. »Mit deinem Mädchen hier, das ermittelt, bin ich sicher, dass wir herausfinden werden, wer verantwortlich ist. Ich kann nicht behaupten, dass ich es untersucht habe, weil ich es nicht getan habe, aber wenn ich darauf wetten müsste, würde ich auf einen der vier großen Vertriebe in der Stadt tippen. Ich glaube nicht, dass es dein Cousin Nathan ist, das schränkt es auf drei andere ein.«

»Was lässt dich das denken?«, fragte Emma.

»Weil es logisch ist. Magie beiseite, Ockhams Rasiermesser gilt immer noch. Ich bin sicher, ihr wusstet es, ohne dass ich es euch gesagt habe, basierend darauf, wie eure Familie ist, aber diese Eimer haben sich nicht von alleine irgendwohin gebracht. Jemand mit Macht hat sie überall hinten teleportiert. Sucht nicht weiter, als ihr müsst.«

Tom setzte seinen langsamen Gang aus der Scheune fort, und wir folgten alle. Liams und Jacksons Autos waren jetzt hier, also vermutete ich, dass Emma vom Haus herübergelaufen war, während sie wohl gefahren waren.

Als wir draußen waren, hielt Tom inne und blickte noch einmal zu Gabriel. »Dieser Ort ist nicht abgeschlossen, also schau dich einfach um und lass mich in ein paar Tagen wissen, was du tun willst. Wenn du es willst, gehört dir alles in diesen Scheunen zum Benutzen. Man kann immer noch alle alten Leitungen in den Bäumen sehen, also wird es nicht zu viel Arbeit sein, sie wieder zum Laufen zu bringen.«

Mit einem Zwinkern und einem Winken drehte sich Tom um und ging zurück zu seinem Haus. Wir sahen zu, wie er in einem schmalen Pfad in den Bäumen verschwand.

KAPITEL ZEHN

An diesem Abend gingen Liam und ich im Charm Café zu Abend essen. Nach unserem ereignisreichen Morgen auf Toms Bauernhof hatte ich einen geschäftigen Arbeitstag hinter mir und wollte nichts mehr, als dass jemand anderes sich um mein Abendessen kümmerte.

Nachdem wir Platz genommen hatten, schaute ich mich im kleinen Café um. Dieser Ort blieb das ganze Jahr über gut besucht. Sie servierten fantastisches Essen und hatten den ganzen Winter über lokale Spezialitäten im Angebot. Das Restaurant war in einem alten Haus im Cape-Stil untergebracht, das auf einer Anhöhe mit Blick auf den Atlantischen Ozean stand. Das Erdgeschoss war für Sitzplätze umgebaut worden, während sich die Küche im Obergeschoss befand und das Essen über einen Speiseaufzug nach unten geschickt wurde. Eine Bar verlief entlang der Rückwand.

Ich lehnte mich in meinem Stuhl zurück und blickte in die Dunkelheit hinaus. Die Sterne leuchteten hell, und der Mond warf eine schimmernde Kräuselung auf die dunkle Oberfläche des Ozeans. Als ich wieder zu Liam schaute, nahm ich einen Schluck von meinem Wein und musterte ihn. »Ich fühle mich schrecklich wegen heute Morgen«, sagte ich.

Liam lachte leise, und seine Augen kräuselten sich in den Augen-
winkeln mit seinem Lächeln. »Oh, warum denn das?«

»Es war ein bisschen leichtsinnig von mir, mich dorthin zu transportieren. Jetzt, da wir die ganze Geschichte kennen, fühle ich mich
schlecht. Das ist alles. Tom ist ein netter Mann.«

»Also muss ich dich vielleicht nicht mehr davon abhalten, dich
kreuz und quer überallhin zu transportieren?«, konterte er mit einem
Funkeln in den Augen.

Ich verdrehte die Augen. »Ich werde es mir genauer überlegen. Tom
hat es sportlich genommen.«

»Das hat er. Isobel hatte nicht alle Informationen. Es ist erstaun-
lich, wie ein paar Lücken in der Geschichte es nach etwas ganz
anderem aussehen lassen können. Was denkst du, wird Gabriel tun?«

Mit einem Achselzucken antwortete ich: »Ich bin nicht sicher. Wie
er heute Morgen gesagt hat, wäre es ein kluger Schachzug. Ich
vermute, er wird es tun. Er möchte das Ahornsirup-Geschäft
ausbauen, also macht es Sinn. Es ist gutes Geld, und es wird seine
Online-Arbeit ergänzen. Er sagt, er wird es müde, die ganze Zeit
drinnen zu sein. Außerdem klingt es, als würde es diesen Teil des
Grundstücks vor Hetties Cousin retten.«

»Das wäre schön«, erwiderte Liam. »Ich hasse es, Tom in dieser
Situation zu sehen.«

Ich wollte gerade antworten, als ich jemanden meinen Namen und
Liams rufen hörte. Als ich hinüberschaute, sah ich Opal Good, Liams
Tante, die sich unserem Tisch näherte. Opal trug ihr typisches Outfit
aus Stoffhosen und praktischen Lederstiefeln mit einer Bluse. Im
Winter fügte sie einen schwarzen Kurzmantel hinzu. Ihr silbernes
Haar war zu einem Knoten hochgesteckt, und ihre Brille hing an einer
Kette um ihren Hals.

»Hallo, ihr beiden«, sagte Opal, als sie unseren Tisch erreichte, und
ihr aufmerksamer blauer Blick wanderte zwischen uns hin und her.

»Hallo, Tante Opal«, antwortete Liam mit einem Nicken. »Bist du
zum Abendessen mit Onkel Theo hier?«

»Natürlich. Er ist gerade dabei, einen Tisch da drüben zu besorgen,
aber ich wollte kurz Hallo sagen. Und wie geht es Ihnen, Moira?«,
fragte sie.

Es war gerade mal eine Woche her, seit ich Opal gesehen hatte. Sie kam regelmäßig im Laden vorbei. »Mir geht es gut. Danke, dass Sie den Zwillingen letzte Woche geholfen haben«, fügte ich hinzu, und bezog mich dabei auf ihre schnelle Arbeit, bei allen lokalen Geschäften nachzufragen, wer mysteriöserweise Ahornsirupeimer in ihrem Geschäft auftauchen sah. Sie hatte die Liste von Lea und Jacob ergänzt und herumtelefoniert, um die Leute wissen zu lassen, dass die Zwillinge vorbeikommen würden, um die Notizen abzuholen.

Opal führte Beauty Bewitched für die Familie Good. Sie waren nicht wirklich Konkurrenz für uns und verkauften eher ergänzende Artikel, die sich hauptsächlich auf natürliche Heilmittel und Schönheitsprodukte konzentrierten. Wir schickten uns oft gegenseitig Kunden.

»Selbstverständlich. Ich habe gerne geholfen. Ich habe heute Morgen bei Sally in The Ink Spot angerufen, um zu sehen, ob sie Antworten auf das Satzrätsel online bekommen haben. Sie sagte, sie hätten eine ganze Menge E-Mails erhalten. Ich habe vorgeschlagen, dass sie sie uns per E-Mail schickt, damit wir einen Blick darauf werfen können. Soll ich ihr sagen, dass sie sie Ihnen schicken soll?«

»Vielleicht macht es mehr Sinn, wenn sie sie an Daniel schickt, und an mindestens eine Person von uns, vielleicht Lea oder Sie?«

Opal und Lea waren die beiden, die am wahrscheinlichsten schnell alle Informationen, die sie erhielten, verbreiten würden. Ich wollte persönlich nicht dafür verantwortlich sein. Ich hatte ohnehin schon genug zu tun.

»Perfekt. Ich werde morgen früh bei Sally anrufen und sie informieren. Ich kann mir nicht einmal vorstellen, wie viele Satzkombinationen mit diesen Buchstaben möglich sind.«

»Ziemlich viele, da bin ich mir sicher«, meinte Liam.

Opals Blick fiel auf den Verlobungsring an meinem Finger. Sie war dafür verantwortlich gewesen, die Ringe aufzubewahren, bis wir uns verlobten. Ich ahnte ihre Frage, bevor sie sie überhaupt stellte.

»Ich bin sicher, Sie fragen sich, ob wir schon Hochzeitspläne haben«, sagte ich höflich.

Opal lächelte strahlend. Ich sah, wie Liam sich auf die Innenseite seiner Wange biss, wahrscheinlich um nicht laut zu lachen.

»Natürlich bin ich neugierig darauf, meine Liebe. Das sind wir alle.«

»Wir sind noch nicht einmal drei Monate verlobt«, sagte Liam trocken.

Opal verdrehte die Augen. »Das ist mehr als genug Zeit. Ihr wohnt bereits zusammen, und eure Heirat ist eine beschlossene Sache. Ihr wisst schon, Schicksal und all das«, sagte sie mit einem leichten Achselzucken.

»Keine Sorge. Wir werden es schon schaffen«, fügte ich hinzu.

Unser Kellner hielt passenderweise am Tisch an, um unser Essen zu servieren, was uns die Möglichkeit gab, dieses Gespräch höflich zu beenden. Opal trat aus dem Weg. »Schön, euch beide zu sehen. Genießt euer Abendessen«, sagte sie, bevor sie sich umdrehte und zügig durch das Restaurant ging, um sich auf einen Stuhl gegenüber von Theo zu setzen.

Unser Kellner füllte meinen Wein nach, während Liam auf ein weiteres Bier verzichtete, da er fuhr. Nachdem der Kellner gegangen war und wir uns zum Essen niedergelassen hatten, sah ich zu Liam hinüber. »Unsere Schonfrist war nur von kurzer Dauer«, sagte ich mit einem kleinen Lachen.

Er zuckte mit den Schultern. »Nicht wirklich. Ich bin sicher, wir werden hier und da ein paar Fragen bekommen. Apropos, wann willst du eigentlich heiraten? Wenn wir es nicht selbst planen, weißt du, dass sie die Hochzeit für uns planen werden«, sagte er mit einem Kopfschütteln, während er einen weiteren Bissen von seinem Steak nahm.

Ich hielt inne, um einen Schluck von meinem Wein zu nehmen, und dachte über seine Frage nach. Als ich in der Highschool war und von der Romantik unseres Schicksals schwärmte, hatte ich mich nie mit der Logistik befasst, was das bedeutete. Wo und wann wollte ich heiraten? Das waren Fragen, über die ich bisher nicht wirklich nachgedacht hatte. »Weißt du, darüber habe ich eigentlich noch nicht nachgedacht. Vielleicht sollten wir durchbrennen.«

Liam lachte. »Ich bin dabei. Dann könnten wir eine weitere Zeremonie und eine Party haben, wenn wir zurückkommen.«

»Ein Gedanke, obwohl wir nie das Ende davon hören würden, dass wir unsere Familien um eine Hochzeit gebracht haben.«

»Was, wenn wir in Schottland durchbrennen? Das hat das erste Paar gemacht.«

Da sowohl die Familie Wicked als auch die Familie Good von französischen, irischen und keltischen Vorfahren abstammten, hatte das erste vorherbestimmte Paar eine Frau eingeschlossen, die zu dieser Zeit in Schottland lebte. Der vorherbestimmte Bräutigam war auf ein Schiff gesetzt und über den Atlantik geschickt worden, um sie zu heiraten.

»Du meinst, nach Schottland gehen?«

Er nickte. »Warum nicht? Wir können es planen und dann später eine weitere Zeremonie hier planen. Ich denke, das würde absolut klappen. Sie könnten nicht dagegen argumentieren, da das erste vorherbestimmte Paar dort geheiratet hat.«

Ein Wirbel der Vorfreude durchfuhr mich. »Ich liebe die Idee.«

»Irgendeine Vorliebe für die Jahreszeit?«, fragte er.

»Zu der Jahreszeit, in der es dort schön ist. Wir müssen das nachschauen.«

Unser Kellner hielt an, um zu sehen, ob wir noch etwas brauchten. Nachdem er weitergegangen war, sah ich zu Liam hinüber und fand seinen intensiven Blick, der auf mich wartete. Mein Herz schlug heftig, als mir klar wurde, dass unser Schicksal auf uns zueilte. Dieser Plan gefiel mir sehr. Es fühlte sich richtig an.

Es wäre vielleicht der einzige Weg, auf dem wir heiraten könnten, ohne dass unsere gesamten Familien so sehr eingreifen würden, dass sich die Hochzeit nicht einmal wie unsere eigene anfühlte. Aufgrund der Geschichte der ursprünglichen Heirat zwischen unseren Familien würden sie diese Idee unterstützen. Dann könnten wir sie die zweite Zeremonie hier planen und nach Herzenslust einmischen lassen.

Nachdem wir nach Hause zurückgekehrt waren, gingen wir auf die hintere Terrasse, etwas, das wir jeden Abend gerne taten, solange das Wetter klar war. Der Ozean erstreckte sich in der Ferne, schwarz in der Nacht, bis auf einen einzigen schimmernden Pfad, wo der Mond sein silbriges Licht über die kräuselnde Oberfläche warf. Sterne blinkten hell am Himmel, und eine salzige Brise wehte vom Ozean herüber.

Es war subtil, aber ich konnte die schrittweise Veränderung der

Temperatur spüren, die mir sagte, dass der Frühling kam. Genau wie uns die Ahornbäume bereits mitgeteilt hatten.

Ghost saß auf dem Geländer und schaute über den Schnee hinaus. Sein weißes Fell leuchtete hell in der Dunkelheit, mit einem Hauch von Mondlicht, das seine Silhouette umriss.

Liams Hand war warm um meine, und er drehte sich leicht. Mit einer Neigung seines Kopfes trafen seine Lippen auf meine, die Wärme ein Kontrast zur kühlen Luft, der einen heißen Schauer durch mich sandte.

KAPITEL ELF

Spät am nächsten Nachmittag hatten Celia und Delia alle in dieser Woche eingegangenen Waren ausgezeichnet und ihre Nasen praktisch an die Theke gedrückt. Sie hatten einen dieser Buchstabenmagnetsätze genommen und nur die Buchstaben herausgesucht, die mit den Buchstaben auf den Notizen übereinstimmten. Die Notizen waren ordnungsgemäß an Daniel als offizielles Beweismaterial für seine Ermittlung übergeben worden.

In der Zwischenzeit hatten die Zwillinge nach Durchsicht der verschiedenen E-Mails mit Vorschlägen für mögliche Sätze damit begonnen, herauszufinden, wie viele Kombinationen sie bilden konnten und welche davon sinnvoll sein könnten. Ich mochte selbst ein gutes Wortspiel, aber ihre Begeisterung hielt sie konzentriert. Ich bediente Kunden und räumte ein paar Vitrinen auf, während ich sie ihren Spaß mit den Buchstaben haben ließ.

Der größte Teil des Nachmittags verlief ruhig. Ich aktualisierte gerade unser Computerinventar – das neue Bestandssystem, das von den Zwillingen mit ein wenig Hilfe meines Bruders Gabriel eingerichtet worden war –, als Celia quietschte.

»Was ist los?«, fragte ich, drückte schnell auf Speichern und ging hinüber, um zu sehen, was sie betrachtete.

»Heißt Howard Munns' Frau nicht Livi?«, fragte sie.

»Ja. Warum fragst du?«

»Weil, wenn man ein bisschen herumspielt, ihr Name hier zweimal vorkommt.«

»Und V ist nicht gerade der häufigste Buchstabe«, fügte Delia hinzu.

Ich beugte mich vor und sah, dass sie völlig recht hatten. »Das könnte nichts bedeuten, oder es könnte etwas bedeuten. Munns Maple wurde auch viel Saft gestohlen und ihre Leitungen beschädigt. Ich weiß nicht, ob es etwas bedeutet, aber es ist interessant. Da der Spitzname Livi technisch gesehen kein Wort ist, glaube ich nicht, dass er in einem der Satzgeneratoren aufgetaucht ist. Wisst ihr, ob jemand deswegen eine E-Mail an The Ink Spot geschickt hat?«

Die Zwillinge hatten sich begeistert ihrer Mutter angeschlossen und die Leser-E-Mails zu den Buchstaben durchgesehen. Ich musste Sally und Rae Anerkennung zollen. Sie hatten daraus ein Spiel für alle gemacht, die die Tageszeitung der Stadt lasen, und boten Preise für lokale Restaurants und Ähnliches an. Daher hatten sie ziemlich viele Antworten und Vorschläge bekommen.

Ich wusste nicht, was ich davon halten sollte, dass Livis Name eine mögliche Option in dem Satz war. »Mädels, tut mir einen Gefallen. Überprüft die Namen aller Personen, denen Saft gestohlen wurde, in diesen Buchstaben. Schauen wir mal, ob noch andere Namen tatsächlich darin vorkommen.«

Celia und Delia liebten nichts mehr als einen Auftrag, der mit Schnüffeln zu tun hatte, und schrieben prompt eine Liste und machten sich an die Arbeit. Kurz darauf berichteten sie, dass nur der Name Livi vorkam.

Emma kam mit Jackson vorbei, um die Mädchen abzuholen, da es kurz vor Ladenschluss war. »Hey«, rief sie, als sie durch die Tür kam. »Soll ich abschließen?«

»Mach nur«, antwortete ich.

Ich steckte die Tageseinnahmen in bar und die Schecks in die Banktasche und lächelte, als Emma mit Jackson herüberkam. Die beiden schienen sich recht gut zu verstehen. Jackson lächelte in meine

Richtung, während Delia aufsprang und aufgeregt begann, ihre Entdeckungen des Tages zu erklären.

»Was denkst du?«, fragte sie, nachdem sie das Auftauchen von Livis Namen erklärt hatte.

»Nun, es könnte etwas bedeuten, oder auch nicht«, antwortete Emma und zwinkerte mir zu.

Emma hatte die gleiche Haarfarbe wie ihre Schwestern, mit dunklem Haar und blauen Augen. Wir waren uns nahegestanden, als wir aufwuchsen, obwohl wir nur entfernte Cousinen waren. Wir waren in der gleichen Klassenstufe in der Schule gewesen. Die Hexenfamilien waren in Charm Cove und auf der ganzen Welt eng miteinander verflochten.

»Noch andere Neuigkeiten?«, fragte Emma.

»Nichts. Ich habe Daniel eine Nachricht hinterlassen, damit wir ihm dieses kleine Detail mitteilen können. Wie du gehört hast, haben die Mädchen bereits den Rest der Namen ausgeschlossen. Munns Maple hat genauso viel verloren wie alle anderen. Ich bin mir nicht sicher, was das bedeutet.«

Jackson blickte mit einem Lächeln zu Emma hinunter. »Es wird nicht mehr lange dauern, bis jemand das herausfindet. Alle sind deswegen zu gereizt. Sogar meine Mutter ist verärgert, und ihr wurden nur zwei Eimer gestohlen.«

Emma kicherte. »Es scheint keine große Sache zu sein. Es ist nur Ahornsirup, aber für die Unternehmen ist es eine große Sache. Außerdem hatte ich seit über einer Woche keinen Ahornzucker-Latte mehr.«

»Ich weiß, oder? Das waren laut Sarah eines ihrer beliebtesten Getränke. Zoe ist deshalb immer noch sauer.«

»Nun, wir müssen los. Ich führe heute Abend noch eine Hausbesichtigung durch«, fügte Emma hinzu. Sie arbeitete mit meiner Mutter zusammen, die eine Immobilienverwaltungsfirma für Immobilien und Mietobjekte in Charm Cove und der Umgebung betrieb. »Seid ihr fertig, Mädels?«

»Ja, wir müssen nur noch unsere Mäntel holen«, antwortete Celia, als sie von ihrem Hocker aufstand und eilig nach hinten ging, um Sekunden später mit beiden Jacken zurückzukehren.

Ich winkte ihnen zum Abschied und schloss ab, wobei ich die üblichen Schutzzauber an der Hinter- und Vordertür wirkte. Nachdem ich zur Bank gegangen war, um die Einzahlungstasche abzugeben, überquerte ich den grünen Platz, um Liam im Enchanted Spirits zu treffen. Er hatte mir früher eine Nachricht geschickt, dass Nathan etwas trinken gehen wollte. Offenbar traf sich auch mein Bruder Gabriel mit uns dort.

Der Himmel war heute Abend klar. Obwohl die Kälte noch eine Weile anhalten würde, blieb die Sonne jeden Tag ein paar Minuten länger hoch am Himmel und ließ uns wissen, dass der Frühling auf dem Weg war. Gerade jetzt hinterließ der anhaltende Ausbruch des Sonnenuntergangs einen Hauch von Rot, Gold und Orange am tiefen Horizont gegenüber dem Ozean.

Als ich wenige Minuten später die Tür zum Enchanted Spirits aufdrückte, umhüllte mich die Wärme. Der Raum war erfüllt von einem Summen von Aktivität und einem Gefühl der Heiterkeit und Kameradschaft. Als ich hörte, wie jemand meinen Namen rief, scannte ich die Menge und mein Blick fiel auf Liam mit Gabriel und Nathan in einer Nische in der Ecke. Als ich an einer Kellnerin vorbeiging, hielt ich an und bat sie, mir ein Glas Wein zu bringen, wenn sie Zeit hätte.

Ich ließ mich neben Liam in die Nische gleiten und lächelte in die Runde. »Hey, Leute, wie läuft's?«

»Wir tauschen Notizen über unsere neuen Sicherheitssysteme aus. Hier ist das Seltsame«, begann Gabriel. »Wisst du noch, wie die Bänder während der Zeit, als in die anderen Orte eingebrochen wurde, leer waren?«

»Ja, Daniel wollte bei der Sicherheitsfirma nachhaken. Ich wollte dich danach fragen, aber ich hatte noch keine Gelegenheit dazu.«

»Aber hör dir das an«, mischte sich Nathan ein. »Wir beide hatten zwei Tage, an denen weitere Leitungen durchgeschnitten wurden. Obwohl die Kameras vollständig unter unserer Kontrolle sind, gibt es wieder leere Stellen auf den Bändern.«

Liam nahm einen Schluck von seinem Bier und lehnte sich zurück. »Definitiv Magie.«

»Würde ich auch sagen, das ist zu viel Zufall, um etwas anderes zu sein«, fügte ich hinzu. »Habt ihr mit Daniel darüber gesprochen?«

»Wir haben es gerade erst heute Abend herausgefunden. Ich habe mir den Online-Monitor kurz vor meiner Ankunft hier angesehen. Nathan hat früher nachgeschaut, aber er dachte, er hätte etwas falsch eingestellt«, erklärte Gabriel.

Nathan lachte und grinste verlegen. »Ich bin kein Technikexperte wie dein Bruder«, bot er an.

»Keiner von uns ist das«, sagte ich mit einem schiefen Grinsen. »Jedenfalls solltet ihr unbedingt Daniel Bescheid geben. Wisst ihr, mit wem es sich lohnen könnte zu sprechen? Tom Lewis. Er könnte die Macht haben, die Art von Schutzzauber einzurichten, die ihr braucht.«

»Das ist eine gute Idee«, fügte Liam hinzu.

»Bevor ich dich nach Tom frage, nur eine Kleinigkeit. Die Zwillinge haben versucht, jede mögliche Kombination in den Buchstaben zu finden. Heute haben sie bemerkt, dass Livis Name zweimal darin buchstabiert werden kann. Glaubt ihr, dass das etwas bedeutet?«, fragte ich in die Runde.

Ich bekam ein paar Schulterzucken und nichts weiter. »Vielleicht, vielleicht auch nicht«, bot Liam schließlich an.

»Richtig, als ob ich das nicht wüsste. Ich habe Daniel eine Nachricht darüber hinterlassen, und ihr Jungs müsst bald mit ihm über diese leeren Stellen in den Aufzeichnungen sprechen.«

Ich richtete meinen Fokus zurück auf meinen Bruder. »Also, wirst du Toms Angebot annehmen?«

Gabriel nickte. »Es wäre dumm, es nicht zu tun. Es ist ein Gewinn für ihn, und es gibt mir eine Menge zusätzlicher Ausrüstung für die Verarbeitung, ganz zu schweigen von Hektar von Ahornbäumen.«

»Oh gut. Ich fühle mit Tom. Ich kann nicht glauben, was Hetties Cousin abzieht.«

Nathan rollte mit den Augen. »Menschen tun gemeine Dinge, wenn es um Geld geht. Hoffentlich kann er die Urkundensache vor Gericht klären. In der Zwischenzeit«, er machte eine Pause und blickte zu Gabriel, »ist es ein kluger Schachzug. Du wirst am Ende meine größte Konkurrenz sein.«

Gabriel lachte. »Vielleicht, aber das ist nicht mein Plan. Es gibt genug Nachfrage.«

Nathan nickte. »Ab-so-verdammt-lut. Normalerweise komme ich

nicht hinterher. Deshalb sind die Vollzeitbetriebe, die getroffen wurden, so gestresst. Offensichtlich gibt es Lieferanten in ganz Neuengland, aber das wird die Versorgung für alle einschränken.«

»Deshalb wollte ich diesen Betrieb wieder zum Laufen bringen. Es ist eine schöne Abwechslung zu meiner Online-Arbeit und wird ein gutes Nebengeschäft sein«, kommentierte Gabriel.

Während wir uns unterhielten, erschien Isobel Martin an unserem Tisch. »Hi, Moira«, sagte sie fröhlich und nickte schnell in die Runde. »Ich habe von Tom gehört, dass du die Verwirrung um sein Grundstück geklärt hast. Ich bin so froh. Ich wollte nur vorbeikommen und dir mitteilen, dass meine Cousine Angie morgen eine Lesung für mich machen wird. Ich werde sie bitten, sich damit zu befassen.«

Isobels Cousine war angeblich eine Hellseherin. Charm Cove hatte seinen Anteil an Menschen, die sich gerne mit allerlei Hokuspokus-Kräften an die Hexengemeinschaft anhängen wollten. Echte Hellseher waren in der übernatürlichen Welt selten. Die meisten Hexen wussten sehr genau, dass eine Person ohne übernatürliche Kräfte nicht hellsehen konnte.

Ich wollte das nicht mit Isobel diskutieren, obwohl sie es eigentlich besser wissen sollte. Ich vermutete, dass ihre Vorliebe, im Mittelpunkt von allem zu stehen, ihren gesunden Menschenverstand überwog.

Liam nickte feierlich. »Nun, das dürfte interessant werden.«

Nathan unterdrückte ein Lachen, indem er einen Schluck von seinem Bier nahm, während ich auf meine Innenwangen biss. »Du musst mir unbedingt erzählen, was sie sagt«, brachte ich heraus.

KAPITEL ZWÖLF

Einige Tage später, nach wenig Fortschritt beim großen Ahorn-Streich, beschloss ich, dass es Zeit war, Daniel auf der Polizeistation zu besuchen. Lea hielt alle über die verschiedenen Hinweise, die im Ink Spot eingingen, auf dem Laufenden. Bisher hatten wir keine handfesten Spuren. Unser Haupthinweis war, dass der Name Livi im Satz vorkam, falls das überhaupt etwas bedeutete und falls es überhaupt ihr Name sein sollte.

Nachdem ich mein Auto hinter Persnickety Potions & Gifts geparkt hatte, ging ich die Straße hinunter zur Polizeistation von Charm Cove. Beim Eintreten wurde ich von Anna Goodness mit einem breiten Lächeln begrüßt. »Guten Morgen, Moira, wie geht es Ihnen heute?«, fragte sie.

»Mir geht es gut, aber ein bisschen kalt ist mir. Ich glaube, ich war zu optimistisch, was das Wetter angeht. Ich dachte nicht, dass ich heute Morgen meine Handschuhe brauchen würde«, sagte ich, während ich mich ihrem Schreibtisch näherte und meine Handflächen aneinanderrieb.

»Das ging mir genauso. Sobald der März kommt, bin ich so bereit für den Frühling.«

»Wer ist das nicht? Ist Daniel zufällig da?«

»Natürlich, und du bist früh genug hier, dass er noch nicht zu beschäftigt ist. Ich rufe ihn an.«

Nachdem Anna ihn angepiept hatte, nahm sie einen weiteren Anruf entgegen. Daniel trat innerhalb einer Minute durch die Seitentür in den Wartebereich.

»Komm mit nach hinten«, sagte er und bedeutete mir, ihm den Flur hinunter zu folgen. Sobald wir in seinem Büro waren, bot er mir Kaffee an.

»Oh, danke, ich bin versorgt. Ich gehe zu Magic Beans, bevor ich den Laden öffne. Ich wollte nur kurz vorbeischauen und sehen, ob es Neuigkeiten gibt. Ich überlege, mit den Leuten von der Sicherheits-firma zu sprechen. Hattest du schon die Gelegenheit dazu?«

Daniel nickte. »Ja, aber sie waren nicht sehr hilfreich. Um an die Aufnahmen zu kommen, brauche ich einen Durchsuchungsbefehl. Ehrlich gesagt, bin ich nicht sicher, ob ich den zu diesem Zeitpunkt bekomme. Ich brauche etwas mehr Anhaltspunkte.«

»Ernsthaft?«

»Ja. Ich kann nicht einfach zum Gericht marschieren und sagen, dass ich glaube, eine Hexe oder ein Hexer hätte einen Zauber gewirkt und die Sicherheitsaufnahmen manipuliert.«

Ich seufzte und lachte. Er hatte einen ziemlich guten Punkt. »Na gut, dann gehe ich selbst hin.«

»Mach das. Ansonsten verfolge ich jede Spur und schaue, was ich zwischen anderen Dingen, die auftauchen, tun kann.«

»Ich lasse dich wissen, falls ich etwas herausfinde, wenn ich vorbei-komme«, sagte ich, als ich mich umdrehte, um zu gehen. Sein Telefon klingelte, also winkte er mich hinaus.

Auf meinem Weg zurück die Straße entlang hielt ich bei Magic Beans an, um mir einen Kaffee und ein Scone zu holen, mein tägliches Frühstück, wenn ich im Laden arbeitete.

Ich überlegte gerade, Lea anzurufen, um zu fragen, ob sie den Laden für ein paar Stunden für mich übernehmen könnte, als ich ihre Stimme hinter mir in der Schlange hörte. »Moira, wie schön, dich heute Morgen zu sehen.«

Als ich mich umdrehte, sah ich Tante Lea, die gerade ihre Handschuhe auszog und ihren leuchtend roten Wollschal lockerte. Wie immer war sie tadellos gekleidet, ihr Schal und ihre Handschuhe bildeten einen perfekten Kontrast zu ihrem dunkelgrauen, taillierten, langen Wollmantel.

»Guten Morgen, Tante Lea, ich wollte dich gerade anrufen. Hast du zufällig ein paar freie Stunden, um den Laden zu übernehmen?«

»Natürlich. Wofür denn?«

»Ich war gerade bei Daniel, weil es scheint, als würden wir uns bei diesem Ahornsiebdiebstahl im Kreis drehen. Ohne Durchsuchungsbefehl wird er wahrscheinlich nicht in der Lage sein, die Aufnahmen der Sicherheitsfirma anzusehen. Vielleicht können wir herausfinden, ob etwas mit der Ausrüstung passiert ist. Er vermutet, dass es Magie war, und er kann das offensichtlich nicht in einen Durchsuchungsbefehl schreiben. Ich dachte, ich fahre nach Windy Bay und schaue, ob Onkel Jacob mich dort treffen kann. Wenn ein Zauber auf die Ausrüstung gewirkt wurde, wird er das spüren können.«

»Brillanter Plan. Lass uns unseren Kaffee holen, und ich gehe mit dir zum Laden. Jacob hatte heute Morgen ein paar Dinge zu erledigen, aber ich bin sicher, er kann dich innerhalb einer Stunde bei der Sicherheitsfirma treffen. Passt das?«

»Das sollte klappen. Es ist eine halbstündige Fahrt. Ich bin mir nicht so sicher, wie wir ihn nahe genug an die Ausrüstung bringen können, um nach gewirkten Zaubern zu suchen, aber ich denke, es ist einen Versuch wert.«

Mir war der Gedanke gekommen, dass ich nach Feierabend in die Sicherheitsfirma transportieren könnte, aber angesichts der Tatsache, dass es eine Sicherheitsfirma war, hielt ich das nicht für den klügsten Plan. Das Letzte, was wir brauchten, war, dass ich dabei gefilmt würde, wie ich mich irgendwohin transportiere.

Nachdem wir unseren Kaffee in der Hand hatten, gingen wir zu Persnickety Potions & Gifts. Sie hatte Jacob angerufen, während wir bei Magic Beans warteten, also half ich ihr, den Laden zu öffnen, und ging dann los.

Etwas später stand ich vor der Sicherheitsfirma und wartete darauf, dass Jacob ankam. Als sein Truck neben meinem Auto hielt, stieg er aus und sah wie immer würdevoll aus. Wir gingen gemeinsam hinein, wobei Jacob kurz erklärte, dass er, wenn nicht viel Magie störte, wahrscheinlich spüren könnte, ob ein Zauber gewirkt wurde, indem er sich einfach im selben Raum wie die Ausrüstung aufhielt.

Als wir durch den Eingang traten, begrüßte uns ein untersetzter Mann mit silbernem Haar und einem runden Gesicht mit einem breiten Lächeln. »Hallo, was kann ich heute für Sie beide tun?«

»Wir interessieren uns für ein Sicherheitssystem für ein Geschäft, also dachten wir, wir erkundigen uns nach den Preisen und schauen uns Ihre Ausrüstung an. Wird das von Ihnen vor Ort überwacht, oder haben die Leute ihre eigenen unabhängigen Systeme?«, fragte ich und ging davon aus, dass ihm das genügend Gesprächsstoff gab.

»Oh ja, ja. Mein Name ist Albert, und ich bin der Manager hier. Wir haben eine Reihe von Optionen für Sie.« Er ratterte die Details von zehn verschiedenen Plänen herunter, einschließlich Kosten, Ausrüstung und noch einiges mehr. Während er aufgeregt darüber sprach, schlenderte Jacob beiläufig im Laden umher.

Ich behielt ihn mit einem halben Auge im Blick, während ich mit Albert sprach. Nachdem ich gesehen hatte, wie er innehielt und für einen Moment oder zwei die Augen schloss, nahm ich an, dass er möglicherweise herausgefunden hatte, was wir wissen mussten. Leider war es nicht einfach, höflich zu gehen.

Albert war ziemlich begeistert von Sicherheitssystemen. Als ich erwähnte, dass ich gehört hatte, dass Geschäfte in Charm Cove Probleme mit ihren Sicherheitsaufnahmen meldeten, brachte ihn das etwas aus der Fassung. Offensichtlich nahm er seine Garantie sehr ernst.

»Es ist mir ein Rätsel. Wir haben hier hochmoderne Ausrüstung. Ein Polizeibeamter kam vorbei und fragte danach, und ich wusste nicht einmal, was ich ihm sagen sollte. Es gibt für eine bestimmte Zeit nichts auf den Aufnahmen. Das ist noch nie passiert. Ich habe alles selbst überprüft. Absolut nichts an der Ausrüstung ist während dieser Zeit mechanisch ausgefallen. Macht mich neugierig, ob es ein Blitzschlag war oder irgendein anderer Zufall«, erklärte er.

»Nun, hoffentlich können Sie es herausfinden. Vielen Dank, dass

Sie sich die Zeit genommen haben, mir alle Optionen zu erklären. Das ist sehr hilfreich. Wir sind noch nicht bereit, eine Entscheidung zu treffen, aber wir werden Ihr Unternehmen im Hinterkopf behalten«, sagte ich.

»Bitte rufen Sie an, wenn Sie weitere Fragen haben«, sagte Albert und begleitete uns zur Tür, als wir gingen.

Sobald wir außer Hörweite waren und sich die Tür vollständig hinter Albert geschlossen hatte, schaute ich zu Jacob hoch. »Irgendein Erfolg?«

Er nickte. »Ich möchte nicht hier reden. Lass uns bei deinem Laden treffen.«

So ungeduldig ich auch war, ich wusste, dass es nicht klug war, direkt vor einer Sicherheitsfirma darüber zu sprechen, was er über einen möglicherweise gewirkten Zauber herausgefunden haben könnte, wo wahrscheinlich Sicherheitskameras alles aufzeichneten, was wir sagten oder taten. Kurz darauf kehrten wir nach Charm Cove zurück und gingen in Persnickety Potions & Gifts.

Tante Lea drehte sich um, sobald wir durch den Vorhang von hinten kamen. »Und?«, fragte sie.

Ich schaute mich im Laden um und fand ihn leer vor, was bedeutete, dass wir frei sprechen konnten. Jacob hielt inne, um ihr einen schnellen Kuss auf die Wange zu geben, und lehnte dann seine Hüften an die Wand hinter der Theke.

»Es wurde definitiv ein Zauber gewirkt, und ich bin ziemlich sicher, dass er von einer Frau gewirkt wurde. Auch diesmal war er verschleiert. Diesmal war er aber nicht so effektiv. Meine Vermutung ist, dass sie beide Zauber aus der Ferne gewirkt haben, was sie geschwächt hat. Der Zauber, der die Sicherheitsaufnahmen durcheinander gebracht hat, war nichts anderes als ein Zauber zur elektrischen Störung. Ich konnte auch spüren, dass er aus der Familie Munns oder der Familie Staple stammte.«

»Wirklich?«, fragte ich.

Jacob neigte den Kopf.

»Nun, ich weiß gar nicht, was ich davon halten soll«, sagte Tante Lea. »Entweder sabotiert Livi andere, oder jemand hat es auf sie abgesehen.«

»Diese beiden Familien sind verwandt. Das macht es ein wenig knifflig, da der Zauber teilweise verschleiert war«, fügte Jacob hinzu.

»Ich rufe heute Alice an«, sagte Tante Lea. »Sie hat nachgeforscht, welche Familien die Macht haben, so zu verschleiern, und wir brauchen mehr Informationen darüber, je früher, desto besser.«

»Obwohl wir nicht wissen, ob es etwas bedeutet, ist Livi der einzige bekannte Name, der aus all diesen Buchstaben in den Eimern hervorgeht«, fügte ich hinzu.

Jacob stieß sich von der Wand ab. »Nun, ich werde jetzt gehen.«

In diesem Moment kamen mehrere Kunden herein. Ich zog meine Jacke aus und ging zu ihnen, um sie zu begrüßen, während Tante Lea Alice anrief.

Ein paar Kunden später hatte ich einen Moment Zeit, bei ihr nachzufragen und herauszufinden, was Alice zu sagen hatte. »Hat Alice schon Glück gehabt?«

Unter Hexen und Hexern waren einige Kräfte ziemlich verbreitet. So verbreitet, dass im Allgemeinen jede Hexe und jeder Hexer sie besaß. Andere Kräfte – zum Beispiel meine Fähigkeit zu transportieren oder Jacobs Fähigkeit zu identifizieren, wer Zauber gewirkt hatte – waren innerhalb der Familien viel spezifischer. Selbst innerhalb derselben Familie erbte nicht jeder dieselben Kräfte. Und selbst wenn man mit bestimmten angeborenen Kräften geboren wurde, brauchte es Geschick und Übung, um sie zu beherrschen und zu erhalten.

Tante Lea traf meinen Blick und nickte. »Ja, hat sie. Die Macht, Zauber zu verschleiern, kommt in beiden Familien vor, was Sinn macht, weil sie verwandt sind. Die Macht taucht in den Aufzeichnungen jedoch nur sporadisch auf und scheint nicht in jeder Generation vorgekommen zu sein. Alice wird ein bisschen mehr Nachforschungen anstellen und schauen, ob sie eingrenzen kann, wer in welcher Generation sie hatte. Das könnte uns helfen herauszufinden, ob es Livi oder ihre Cousine ist.«

»Mehr und mehr sieht es so aus, als müssten wir uns auf sie konzentrieren. Denkst du, sie haben es nur getan, um die Konkurrenz auszuschalten? Es gibt genug Geschäft für alle.«

Tante Lea zuckte mit den Schultern. »Trotzdem tun Menschen die ganze Zeit dumme und kriminelle Dinge. Besonders wenn es um Geld geht. Geld ist die Wurzel von fast jedem Verbrechen. Nun, das und Leidenschaft.«

Mit dieser philosophischen Bemerkung lehnte sie sich vor und gab mir einen Kuss auf die Wange, bevor sie in einer wirbelnden Bewegung davonging.

KAPITEL DREIZEHN

Am darauffolgenden Abend gingen Liam und ich zum Abendessen zu seinen Eltern. Das machten wir regelmäßig, und oft gesellten sich meine Eltern und andere dazu. Heute Abend bestand die Gruppe aus Liam und mir, meinen Eltern, Opal, Theo und Tante Lea. Jacob kümmerte sich um einige geschäftliche Angelegenheiten in Portland, während Celia und Delia bei einer Übernachtungsparty mit einigen Freundinnen waren.

Wir genossen einen Glühwein nach dem Essen, und die Unterhaltung driftete natürlich zu den neuesten Entwicklungen im großen Ahorn-Streich ab. Der Name, den Nathan dem Diebstahl an jenem ersten Abend in Enchanted Spirits gegeben hatte, war hängen geblieben. Mit dem Kreuzworträtsel-Satz in den täglichen Stadtnachrichten hatte sich der Name des Verbrechens in der ganzen Stadt verbreitet.

Alice nahm einen Schluck von ihrem Wein und musterte mich. »Hatten Sie den Eindruck, dass der Manager der Sicherheitsfirma irgendeine Ahnung hatte, was passiert sein könnte?«, fragte sie.

Ich hatte gerade meinen Besuch mit Jacob bei der Sicherheitsfirma zusammengefasst. »Ehrlich gesagt, glaube ich nicht. Er war besorgt wegen der leeren Sicherheitsaufnahmen. Er ist sehr stolz auf ihre

Erfolgsbilanz. Er behauptet, dass dies der erste gemeldete Fall sei, bei dem die Sicherheitsaufnahmen auf diese Weise leer sind. Der Manager ist kein Hexer oder Zauberer oder mit magischen Familien verbunden, die wir kennen.«

»Irgendwelche Fortschritte bei der Eingrenzung, welche Familienmitglieder die Verschleierungskraft hatten?«, fragte Lea.

Alice nahm noch einen Schluck von ihrem Wein und nickte. »Ein bisschen. Ich kann euch sagen, wer nachweislich diese Kraft genutzt hat. Das Problem mit der Verschleierungskraft ist, dass viele Leute, die sie hatten, sie verborgen hielten. Die Nutzung grenzte an schwarze Magie, weil es eine Möglichkeit ist, zu verstecken, was man tut.« Alle am Tisch nickten feierlich. Die Fähigkeit, Zauber zu verschleiern, war an sich nicht gefährlich, konnte aber zweifellos für finstere Zwecke eingesetzt werden.

Alice fuhr fort: »Es gab mehr Familienmitglieder auf der Seite der Munns, die die Kraft geerbt haben, als auf der Seite der Staples. Selbst dann war es nur einer oder zwei pro Generation. Selbst wenn jemand die Kraft hatte, ist es nicht leicht, sie zu praktizieren. Wenn jemand sie verborgen halten wollte, weiß ich nicht, ob sie in den Aufzeichnungen stehen würde. Ich denke, wir können mit Sicherheit davon ausgehen, dass es einer dieser beiden Personen ist. Die Frage ist: wer?«

»Wir müssen einfach geduldig sein. Es wird sich alles früh genug offenbaren«, bemerkte meine Mutter.

»Celia und Delia sind geradezu besessen davon, dieses Satzrätsel zu lösen«, kommentierte ich. »Ich hoffe, sie tun nicht noch mehr als das.«

Die Zwillinge liebten es, Detektiv zu spielen, und hatten sich im letzten Jahr bei den Ermittlungen um den Mann, der magische Gegenstände stahl, in Gefahr gebracht. Deswegen waren wir alle vorsichtig, worüber wir in ihrer Gegenwart sprachen, wenn es um solche Dinge ging. Ihre Neugier war schwer zu stillen.

»Ich weiß, dass sie das sind«, fügte Tante Lea mit einem warmen Lächeln hinzu. »Wenn sie alt genug sind, werden die beiden eine Macht sein, mit der man rechnen muss, da sie Zwillinge sind und ihre Kraft verdoppeln können.«

Opal mischte sich ein. »Sie sind liebe Mädchen und scharfsinnig wie nur was. Wir wollen ihnen keine Ahnung davon geben, wen wir verdächtigen könnten. Wer auch immer unser Verdächtiger ist, hat die Macht, alle Zauber zu verschleiern, die er wirkt. Das Letzte, was wir wollen, ist, dass die Zwillinge sich wieder in Gefahr bringen.«

»In Gefahr wegen Ahornsaft? Das kann ich kaum glauben«, sagte meine Mutter mit einem Augenrollen.

Liam kicherte neben mir. »Es mag lächerlich erscheinen, aber Ahornsaft bringt eine Menge Geld ein.«

»Irgendwelche Ideen, wie wir herausfinden können, wer diesen Verschleierungszauber gewirkt haben könnte?«, fragte meine Mutter und richtete ihre Frage an Alice.

Alice trommelte mit den Fingerspitzen auf den Tisch und zuckte mit den Schultern. »Ich bin mir nicht sicher. Ich habe neulich darüber nachgedacht. Es geht alles um das Timing. Wir müssen Druck erzeugen, damit sie wieder versuchen zu stehlen. Das ist der beste Weg, sie herauszulocken. Es gab keine weiteren Diebstähle seit den ersten beiden Tagen, obwohl noch einige Lieferleitungen durchtrennt wurden. Abgesehen von Munns Maple ist noch keines der anderen großen Ahornsirup-Unternehmen wieder in Betrieb. Das allein könnte unser größter Hinweis sein.«

»Stimmt. Ich glaube, ich werde mit Gabriel sprechen. Er hat jetzt die perfekte Einrichtung, nachdem er auch Toms Betrieb nutzen wird. Wir könnten es so aussehen lassen, als wäre er wieder in Betrieb, obwohl er es nicht ist. Ich bin sicher, Tom würde mitmachen.«

»Das ist ein Gedanke«, kommentierte meine Mutter. »Es ist auch ein Rätsel mit ihren Sicherheitskameras. Ich habe Jacob gesagt, er solle bei Nathan und Gabriel nachsehen, denn wenn das Zaubermerkmal auf ihren Sicherheitssystemen genauso deutlich ist wie bei der Sicherheitsfirma, wissen wir, dass wir es nur mit einer Person zu tun haben.«

Die Unterhaltung ging weiter, und ich stand auf, um Alice beim Aufräumen zu helfen. Ich kannte Alice, seit ich ein kleines Mädchen war. Obwohl ich wusste, dass sie gelegentlich Liam fragte, wann wir heiraten wollten, hatte sie mich bisher damit in Ruhe gelassen.

Während ich Geschirr in die Spülmaschine räumte, während sie es im Waschbecken abspülte und Opal Weingläser abtrocknete, sprach

Alice. »Moira, haben du und Liam schon darüber nachgedacht, wann ihr eure Hochzeit haben möchtet?«

Ihr Ton war wie immer höflich und liebenswürdig. Das verbarg nicht die Spannung, die, wie ich wusste, hinter ihrer Frage lag.

Opal schüttelte neben mir missbilligend den Kopf. »Du bist nicht die Einzige, die sich das fragt, Alice. Ich habe sie letztens gefragt und nichts herausbekommen.«

Meine Wangen wurden heiß, und ich stellte vorsichtig den letzten Teller in die Spülmaschine, bevor ich mich aufrichtete und sie schloss. Ich blickte zwischen ihnen hin und her und schüttelte den Kopf. »Wir sind uns nicht sicher. Sobald wir es sind, werdet ihr es erfahren.«

Alices blaue Augen, die Liams so ähnlich waren, hielten meine für einen Moment fest. Ihr Mundwinkel verzog sich zu einem schlauen Lächeln. »Ich weiß, dass ihr das tun werdet, aber wartet nicht zu lange, Liebes. Es *ist* wichtig.«

Später in dieser Nacht, als Liam und ich wieder im Kutscherhaus vor dem Kamin saßen, mit Ghost zusammengerollt zwischen uns auf dem Sofa, sah ich zu ihm hinüber. Ab und zu überraschte es mich, wie gutaussehend er war mit seinen gemeißelten Gesichtszügen, seinem dunklen Haar und diesen blauen, blauen Augen. Ich sollte mich wohl glücklich schätzen. In vielerlei Hinsicht tat ich das auch. Ich war in einen jahrhundertealten Zauber verwickelt und dazu bestimmt, ihn zu heiraten. Es war ein Segen, dass ich ihn tatsächlich liebte, aber es war auch ziemlich praktisch, dass er so lächerlich gutaussehend war. Ehrlich, ich würde diesen Anblick nie satt werden.

»Weißt du, deine Mutter hat mich heute Abend tatsächlich gefragt, wann wir die Hochzeit planen werden«, bemerkte ich.

Ghosts Schnurren brummte, als Liam ihn unter dem Kinn kratzte und mich ansah. »Ich hatte vermutet, dass sie das tun würde. Ich habe sie, deine Mutter und Opal vor dem Abendessen darüber reden hören. Ich denke, wir sollten unsere Tickets nach Schottland kaufen und ihnen mitteilen, wann es stattfindet. Alles, was wir tun müssen, ist das Datum festzulegen.«

Mein Herz begann zu rasen. Ab und zu traf mich das Gewicht unserer Situation.

Liam hob eine Hand und strich eine Haarsträhne aus meinem Gesicht. »Du machst dir zu viele Sorgen. Wenn du keine Zweifel hast, wird sich für uns nicht viel ändern.«

Die Angst, die sich aufzubauen begonnen hatte, verflog, als ein Schauer durch mich hindurchlief.

KAPITEL VIERZEHN

Am folgenden Abend klingelte Liams Handy, während wir an der Küchentheke saßen. Als er auf sein Display schaute, wirkte er verwirrt.

»Wer ist es?«, fragte ich.

»Tom Lewis.«

»Oh, warum hast du seine Nummer in deinen Kontakten?«

»Er hat sie uns neulich gegeben, also habe ich sie einfach eingegeben.«

»Na, geh ran«, sagte ich, während sein Handy weiter auf der Theke vibrierte.

Liam nahm das Telefon hoch und wischte mit dem Daumen über den Bildschirm. »Hallo.«

Ich wünschte, ich hätte ihn gebeten, den Lautsprecher einzuschalten, denn er war eine Minute lang still und nickte nur zu dem, was Tom sagte. »Ich stelle dich auf Lautsprecher, damit Moira mithören kann«, sagte er dann.

Pluspunkt für Liam, dass er meine Gedanken gelesen hatte.

Er legte das Handy zwischen uns auf die Theke und tippte auf den Bildschirm. Mit einem Blick zu mir erklärte er: »Offenbar hat Tom Celia und Delia in einer seiner leeren Ahornscheunen gefunden.«

»Was?!«

Toms Stimme kam durch den Lautsprecher. »Genau. Ich habe versucht, Lea und Jacob zu erreichen, aber niemand geht ran.«

Um diese Uhrzeit hatten sie vermutlich ihre Handys ausgeschaltet, da es bereits kurz vor neun war.

»Was machen sie denn?«, fragte ich, während ich mich von der Theke wegdrehte, um die Essensreste vom Abendessen wegzuräumen.

»Soweit ich das beurteilen kann, glauben sie, dass sie ermitteln«, sagte Tom mit einem leisen Lachen. »Ich habe sie hier bei mir. Wollt ihr mit ihnen sprechen?«

Celias Stimme kam durch die Leitung. »Hallo, Moira, tut mir leid!«

»Celia, *was* macht ihr dort?«

»Niemand hat uns gesagt, dass ihr ihn bereits ausgeschlossen habt, also sind wir hergekommen, um zu ermitteln«, fügte Delia hilfsbereit hinzu.

Verdammt. Es gelang mir, diese Gedankenblase in meinem Kopf zu behalten. »Tom«, rief ich.

»Bin hier«, sagte er.

»Wir kommen sofort rüber. Wir fahren auf dem Weg bei Jacob und Lea vorbei. Ich bin sicher, sie sind wach, aber sie schalten ihre Telefone nach acht Uhr aus. Mädchen, ihr bleibt genau da bei Tom. Habt ihr mich verstanden?«, fragte ich in meinem entschlossensten Ton.

»Machen wir«, riefen sie im Chor.

Liam nahm das Telefon und verabschiedete sich von Tom, bevor er es in seine Tasche steckte und aufstand. »Lass uns gehen.«

Als wir in die kühle Nachtluft hinaustraten, leuchteten die Sterne hell am Himmel, während wir an der Küste entlang zum Haus von Lea und Jacob fuhren.

Jacobs Augenbrauen hoben sich, als er die Tür öffnete und uns dort stehen sah. »Was ist los?«, fragte er.

Da es jetzt kurz nach neun war, trug er nicht seine übliche Kombination aus Stoffhose und Hemd mit Blazer. Stattdessen hatte er eine abgetragene Jogginghose und ein altes Trikot an.

»Tom Lewis hat uns angerufen, weil er hier angerufen hat, aber niemand ist rangegangen. Ich vermute, ihr habt eure Telefone ausgeschaltet. Celia und Delia haben sich davongeschlichen, um Toms Ahornsirup-Scheunen zu untersuchen«, erklärte ich so knapp wie möglich.

»Was?!«, rief Tante Lea, als sie hinter Jacob in die Eingangshalle trat.

Jacob bedeutete uns, durch die Tür zu kommen. »Lasst uns fertig machen und losfahren.«

»Meine Güte! Sie sollten die Nacht bei ihrer Freundin verbringen. Sie scheinen nur dann in Schwierigkeiten zu geraten, wenn sie etwas untersuchen wollen«, sagte sie besorgt, während sie sich umdrehte und ihr Morgenmantel hinter ihr herschwang.

»Sie sind in Sicherheit, und Tom ist bei ihnen. Er hat Liam angerufen, als ihr nicht rangegangen seid«, fügte ich hinzu.

Innerhalb weniger Minuten waren Jacob und Lea angezogen und unten, und sie folgten uns zu Toms Grundstück. Tom hatte Liam gesagt, direkt zur Scheune zu fahren. Er wollte nicht eine Viertelmeile oder so durch die Dunkelheit mit den Zwillingen laufen.

Als wir ankamen, brannten helle Lichter in der Scheune. Als wir durch den Haupteingang traten, wurden wir von dem Anblick begrüßt, wie Tom den Zwillingen geduldig erklärte, wie der Prozess des Zuckerns funktionierte.

Lea eilte hinüber und gluckte, als sie sich den Zwillingen näherte. »Mädchen, ich möchte euch umarmen, weil ihr mir einen Todesschreck eingejagt habt. Ich habe bereits bei Cindys Mutter angerufen, um ihr zu sagen, wo ihr wart. Ihr müsst *aufhören*, euch nachts für solche Sachen davonzuschleichen«, erklärte sie, während sie die beiden in eine Gruppenumarmung zog.

Tom blickte zu Liam, Jacob und mir herüber, schüttelte den Kopf und lachte leise. »Ich glaube, sie waren ziemlich begeistert davon«, sagte er, als wir ihn erreichten.

Kaum hatte er gesprochen, schoss ein grelles, fast blindendes Licht durch eines der Fenster im hinteren Teil der Scheune. Es traf den Sicherungskasten in der fernen Ecke und tauchte die Scheune sofort in Dunkelheit.

Bevor jemand etwas sagte, hob Jacob seine Hände. Das Licht selbst hinterließ einen Nachglühen im Raum. Er trat direkt in den Licht-strahl und wurde völlig still. Es war totenstill, und dann öffnete er seine Augen wieder.

»Lea«, sagte er, seine Stimme leise in der Dunkelheit, »würdest du bitte den Sicherungskasten reparieren?«

Neben anderen Fähigkeiten konnte Lea gut mit Elektrizität umge-hen. Sie konnte sie ausschalten und auch reparieren. Vorsichtig ging sie zum Sicherungskasten und wich einigen Dingen auf dem Boden aus. Innerhalb einer weiteren Minute waren die Lichter wieder an.

Celia und Delia hatten große Augen. »Sollten wir besorgt sein, dass jemand das noch einmal tun und versuchen könnte, einen von uns zu treffen?«, fragte Delia.

Jacob schüttelte den Kopf. »Selbst wenn euch das treffen würde, würde es euch nicht verletzen. Es war ein sehr spezifischer Zauber, der einfach nur dazu dient, Elektrizität auszuschalten. Sie können ihn sicherlich erneut wirken, und eure Mutter wird den Sicherungskasten einfach wieder reparieren.«

»Sollten wir hier drinnen bleiben?«, fragte ich.

Liam schaute zu Jacob, dann zu Tom und dann zurück zu mir. »Ich glaube nicht.«

Tom sah sich um. »Haltet still«, sagte er.

Als Hexenmeister war Tom in seiner Blütezeit mächtig gewesen und war jetzt unermesslich mächtig. Die Kräfte von Hexen und Hexenmeistern verblassten nicht mit dem Alter. Tatsächlich wurden sie stärker. Viele begannen, ihre Zauber weniger zu nutzen, aber das machte sie nicht weniger mächtig.

Tom schloss seine Augen und hob seine Hände. Einen Moment später stellten sich alle Haare in meinem Nacken auf, als ich die Energie spürte, die uns umkreiste.

Als er seine Hände senkte und seine Augen wieder öffnete, rief Delia: »Was für ein Zauber war das?«

»Eine Art Schutzzauber. Ich bin schon lange hier, also habe ich gespürt, dass Magie in der Nähe war. Ich wusste nur nicht, wer oder was. Das wird sie für die absehbare Zukunft fernhalten. Niemand belästigt mich wirklich, also habe ich keine der Schutzzauber auf diesem Grundstück seit Jahren erneuert. Offensichtlich muss ich es mir mehr zur Gewohnheit machen«, sagte er mit einem schiefen Lächeln. Er schaute zu den Zwillingen und verengte seine verblassten blauen Augen. »Ihr müsst mich nicht mehr überraschen. Ihr seid so neugierig. Wenn ihr mehr lernen wollt, bringe ich es euch bei, wenn es für eure Eltern in Ordnung ist. Ich würde euch lieber über Magie unterrichten, als dass ihr wild herumrennt und Dinge kreuz und quer untersucht, wenn ihr noch nicht wisst, wie ihr euch schützen könnt.«

Die Zwillinge starrten ihn an, bevor ihre großen Augen zu ihren Eltern wanderten. Lea verdrehte einfach ihre Augen und schüttelte den Kopf, während Jacob seufzte. »Wann immer Tom euch etwas beibringen will, ist es in Ordnung, solange alle üblichen Dinge erledigt sind«, begann er.

»Hausaufgaben, Pflichten und keine Schwierigkeiten«, warf Lea ein und beendete seinen Satz.

Da ich wusste, dass Jacob sich zurückhalten würde, über den Zauber zu sprechen, den er gespürt hatte, solange die Zwillinge anwesend waren, verabschiedeten wir uns von Tom und stiegen in unser Auto. Als wir wegfuhren, schaute ich zu Liam. »Kannst du Jacob eine Nachricht schicken und ihn bitten, anzurufen, nachdem sie zu Hause sind?«

»Natürlich.«

Nachdem wir zu Hause ankamen, riefen Jacob und Lea mit der Nachricht an, dass der Zauber definitiv von Livi Munns gewirkt worden war. Wie er bereits erklärt hatte, war es ein einfacher Zauber, um den Strom abzuschalten. Weil wir in dem Moment dort waren, als er gewirkt wurde, gab es für niemanden eine Möglichkeit, ihn zu verbergen, bevor er ihn spüren konnte.

Zu dieser späten Stunde waren wir uns einig, dass heute Abend nichts weiter zu tun war. Nachdem sie aufgelegt hatten, schaute ich zu Liam. »Nun, ich vermute, Livi steckt hinter der ganzen Sache, aber warum? Und wie können wir sie auf eine Weise fassen, die für Daniel nützlich ist? Wir können nicht erwarten, dass er mit dieser Information etwas anfangen kann.«

»Es wäre einfach genug, Jacob zu bitten, sie zu konfrontieren. Er ist viel mächtiger als sie«, bemerkte Liam.

»Natürlich, aber wie ziehen wir sie zur Rechenschaft? Ich meine, es ist eine Sache, sie unter Hexenfamilien zur Rechenschaft zu ziehen und ihr das Leben ein bisschen schwer zu machen. Aber sie hat von vielen Familien gestohlen, von denen viele keine Hexen sind. Sie zerstört möglicherweise ihre Geschäfte für die Saison.«

»Ich nehme an, wir sprechen morgen mit Daniel und sehen dann weiter.«

KAPITEL FÜNFZEHN

Am nächsten Morgen traf ich Zoe auf einen Kaffee in der Magic Beans. Wie üblich war ich früher da. Ich schnappte mir einen Tisch in der Ecke, schlürfte meinen Kaffee und knabberte an meinem Scone, während ich überlegte, was ich mit den Enthüllungen von gestern Abend anfangen sollte. Ich würde mich sicher nicht bei den Zwillingen dafür bedanken, dass sie sich davongeschlichen und beschlossen hatten, Toms Scheune zu untersuchen. Dennoch hatten ihre Aktionen dazu geführt, dass Jacob die Chance bekam, Livis Zauber zu identifizieren.

»Hey, wie läuft's?«, fragte Zoe, als sie sich auf den Stuhl mir gegenüber setzte.

»Oh, es läuft«, sagte ich mit einem Grinsen. »Ich komme wohl gleich zur Sache.« Ich fasste schnell die Ereignisse der letzten Nacht zusammen und endete mit: »Also werde ich nach unserem Treffen zu Daniel gehen. Lea und Jacob werden uns dort treffen.«

Zoe schüttelte langsam den Kopf und strich sich eine lose braune Locke hinters Ohr. »Gehen wir davon aus, dass sie die Einzige ist, die darin verwickelt ist?«

»Ich glaube, das wissen wir nicht. Sie ist vielleicht nicht die Einzige, die beteiligt ist, aber sie steckt eindeutig mittendrin. Warum kommst du nicht mit mir zur Polizeiwache? Daniel ist immer hilfsbereiter, wenn du dabei bist.«

Zoe grinste und schüttelte den Kopf. »Ich habe keine Zeit. Ich muss zur Schule. Außerdem ist er nur zurückhaltend bei Informationen, die er hat. Er redet den ganzen Tag, wenn du ihm Infos gibst.«

Nachdem wir unseren Kaffee ausgetrunken hatten, trennten sich unsere Wege an der Ecke Charming Way und Main Street. Liam und ich waren heute zusammen gefahren, aber er hatte in den Büros seiner Familie Halt gemacht, um seine Eltern auf den neuesten Stand zu bringen. Wie meine Familie betrieben sie verschiedene Geschäfte in der Stadt. Er hatte mir versichert, dass er zu mir zur Polizeiwache kommen würde, sobald er könnte. Er betrat gerade die Schwelle an den Granitstufen zum Eingang, als ich die Polizeiwache erreichte.

»Liam!«, rief ich. Er hielt inne und wartete, bis ich ihn erreicht hatte, bevor er die Tür öffnete und mich mit einer Geste vor sich hineingehen ließ.

»Gibt's Neuigkeiten von deiner Mutter?«, fragte ich.

»Ein bisschen. Sie hat einen Eintrag über Livis Großmutter gefunden, die verdunkelnde Kräfte nutzte. Sie glaubt auch, dass Mel Staples Urgroßmutters Familie die gleiche Kraft hatte. Sie weiß nicht, ob das etwas bedeutet, aber sie könnten zusammenarbeiten.«

Lea und Jacob waren vor uns angekommen. Anna Goodness öffnete die Tür zum hinteren Flur, sobald wir ihren Schreibtisch erreichten. »Geht nur rein. Daniel erwartet euch.«

Daniel saß am Tisch mit Lea und Jacob und trank seinen Kaffee, als wir hereinkamen. Lea sah auf. »Nun, wir haben ihm alles erzählt. Er sagt, er kann mit diesen Beweisen nichts anfangen«, schnaubte sie. »Ich versuche, ihm zu erklären, dass Jacob einfach ein Zeuge ist.«

Ich konnte praktisch sehen, wie Daniel versuchte, *nicht* mit den Augen zu rollen. Er warf Liam und mir ein schnelles Lächeln zu und deutete auf die beiden leeren Stühle am Tisch.

»Lea, wie ich erklärt habe, hat Jacob nichts in dem Sinne beobachtet, dass er vor Gericht aussagen könnte. Diese Information ist sehr hilfreich für meine Ermittlungen, aber wir müssen uns auf Dinge konzentrieren, die wir tatsächlich in Gerichtsdokumente schreiben können. Ich kann unmöglich etwas darüber schreiben, Zauber zu spüren.«

Lea schnaubte erneut und verschränkte die Arme. »Du musst ein bisschen kreativer werden, Daniel.«

Darüber lachte er und schüttelte den Kopf. »Glaub mir, ich muss in dieser Stadt nicht kreativ werden. Diese Information ist sehr hilfreich und wird sicher bei den Ermittlungen helfen.«

Ich warf Liam einen Blick zu und sah, wie er ein Grinsen unterdrückte. Währenddessen musste ich mir auf die Innenseite der Wange beißen, um nicht zu lachen.

Mit einem Seufzer stand Lea von ihrem Stuhl auf. »Nun, ich hoffe wirklich, dass du mit dieser Information etwas anfangen kannst. Die Geschäfte werden darüber pleite gehen.«

Daniel nickte feierlich, mit dem leisesten Anflug eines Funkeln in seinen Augen. »Ich bin mir dessen bewusst, Lea. Zwischen dieser Information und den anderen Spuren, denen ich nachgehe, bin ich zuversichtlich, dass wir es eingrenzen können und alle bald wieder ins Geschäft kommen können. Gab es noch etwas anderes, was ihr heute Morgen mit mir besprechen wolltet?«

Jacob schüttelte den Kopf. »Lass uns wissen, womit wir sonst noch helfen können.«

Er und Lea gingen, wobei Lea über ihre Schulter rief, dass sie später am Tag im Laden vorbeischauen würde.

Nachdem sich die Tür hinter ihnen geschlossen hatte, sah Daniel zu Liam und mir, zog eine Augenbraue hoch und zuckte mit den Schultern. »Lea ist immer ungeduldig.«

»Oh ja, ist sie. Ich kann nicht behaupten, dass ich es nicht bin, aber ich verstehe, dass du Informationen brauchst, die du dokumentieren kannst. Das ist definitiv kein Lichtblitz, der als Zauber gewirkt wurde, um den Strom auszuschalten«, sagte ich mit einem Seufzer.

»Was meinst du, würde helfen?«, fragte Liam.

Daniel warf uns einen abwägenden Blick zu. »Ob Livi nun alleine arbeitet oder nicht, wir brauchen eine Möglichkeit, sie mit den tatsächlichen Fakten und dem Vandalismus in Verbindung zu bringen. Was das Wiederanlaufen der Geschäfte betrifft, so gab es seit über einer Woche keine weiteren Vorfälle mehr. Ich denke, es ist fair zu sagen, dass es jetzt sicher sein könnte. Wenn sie noch etwas versuchen will, könnte das sie dazu bringen, es zu tun.«

Nach einem Blick auf die Uhr über der Tür, schaute ich zurück zu Daniel. »Das macht Sinn. Ich denke, Nathan und Gabriel werden bald alles in Bewegung setzen, weil beide Sicherheitssysteme installiert haben. Alle haben sich zurückgehalten, weil sie nicht zu viel Saft verlieren wollen.«

»Richtig, und die Zuckersaison ist nur so lang – etwa sechs Wochen«, fügte Liam hinzu.

Ich stand vom Tisch auf. »Ich muss runter zum Laden, aber ich werde Gabriel anrufen. In der Zwischenzeit, halte uns bitte auf dem Laufenden, Daniel.«

Daniel hob wieder eine Augenbraue. »Moira, du weißt, dass ich dich nur bis zu einem gewissen Punkt auf dem Laufenden halten kann.«

Liam kicherte, als er vom Tisch aufstand. »Wir wissen.«

Ich war vielleicht nicht so ungeduldig wie Lea, aber ich wünschte mir, Daniel wäre ein bisschen offener.

Nachdem Liam mich zurück zum Laden begleitet hatte und dann zur Arbeit gegangen war, verbrachte ich den größten Teil des Vormittags damit, mich um eine weitere neue Lieferung von Beständen zu kümmern. In freien Momenten überlegte ich, was Livi herauslocken könnte.

Am Ende des Tages ging ich zum Lebensmittelgeschäft, wo Liam mich treffen sollte. Aufgrund der Schließzeit unseres Ladens war es unmöglich, den Lebensmittelladen zu erreichen, wenn er nicht überfüllt war. Die Kunden nach Feierabend füllten die Gänge, als ich mit einem Einkaufswagen durch den Laden ging. Ich war in der Pasta-Abteilung, als ich meinen Namen hörte.

Über meine Schulter blickend, sah ich Isobel Martin, die mit ihrem Wagen den Gang entlangkam. Sie hielt neben mir an und lächelte strahlend. »Hallo, Moira! Ich wollte heute eigentlich in deinen Laden kommen, aber ich hatte keine Zeit«, sagte sie in verschwörerischem Ton.

Es war zufällig niemand in Hörweite, aber so plauderte Isobel gerne.

»Brauchtest du etwas?«, fragte ich, obwohl ich wusste, dass das unwahrscheinlich war.

Isobel schüttelte den Kopf, ihre kurzen braunen Locken wippten. »Nein, ich wollte dir von meiner psychischen Lesung mit meiner Cousine erzählen.«

Oh, das wird bestimmt gut.

»Ach wirklich, erzähl mir davon.«

»Nun, Angie hat mir ein paar Dinge über das Liebesleben meiner Tochter erzählt. Ich würde *so gerne* sehen, dass sie heiratet, und sie zögert einfach. Aber das wollte ich dir gar nicht erzählen. Sie hat mir eine Warnung gegeben.«

»Eine Warnung?«

»Ja, eine Warnung über dich«, sagte Isobel und lehnte sich näher heran, fast flüsternd.

»Mich?« Das war ein bisschen seltsam, aber ich beschloss, mitzumachen. Seltsamerweise jagte ein vertrautes Kribbeln meinen Rücken hinauf, was normalerweise bedeutete, dass etwas im Gange war. Ich hatte keine Ahnung, was es sein könnte, wenn man bedenkt, dass wir über eine Warnung einer Hellseherin sprachen.

»Ja, dich. Sie sagte, es würde ein Ereignis geben, bei dem du verletzt werden könntest«, erklärte Isobel, ihre Stirn runzelnd.

»Hat sie noch etwas anderes gesagt?«, fragte ich.

»Leider nein. Sie sagte, die Vision sei ein wenig verschwommen gewesen.«

Ich unterdrückte einen Seufzer. *Darauf wette ich, dass sie verschwommen war.*

»Ich werde wohl ein bisschen vorsichtiger sein als sonst«, sagte ich, unsicher, was ich sonst zu dieser unglaublich vagen Warnung sagen sollte.

»Tu das«, sagte Isobel. »Ich wollte nur sicherstellen, dass du es weißt. Jetzt muss ich los. Ich habe heute Abend ein Garten-Planungs-treffen.«

Sie eilte davon. Ich wählte ein paar Packungen Nudeln aus und setzte meinen Weg durch den Laden fort, wobei ich dann auf Beatrice Powers traf.

Obwohl sie nicht mitten in ihrem Powerwalking war, zoomte sie immer noch herum. Ihre Schuhe quietschten, als sie vor mir zum Stehen kam. »Moira«, sagte sie knapp. »Wie geht es dir?«

»Gut, ich mache nur ein paar Einkäufe. Wie geht es dir?«

»Nun, ganz gut. Ich wollte heute eigentlich in deinem Laden vorbeischauen, aber der Tag ist mir davongelaufen.«

»Brauchtest du etwas?«

»Nun«, sagte sie und rollte ihren Wagen ein wenig näher, sodass sie neben mir stand, »erinnerst du dich, wie ich erwähnte, dass ich anfangen würde, meine Nachmittagsspaziergänge in der Nähe der Ahornfarmen zu machen?«

»Natürlich.«

»Gerade heute Nachmittag sah ich Livi Munns' Cousin, Mel Staple von Maple Staple, draußen zwischen den Bäumen auf dem Grundstück deines Bruders, genau dort, wo die Linien verlaufen. Ich habe Gabriels Nummer nicht, also hatte ich noch keine Gelegenheit, ihn anzurufen, aber ich habe Daniel eine Nachricht hinterlassen. Ich weiß nicht, was es bedeutet, und es könnte nichts sein, aber er war definitiv auf Privatgrundstück.«

»Bist du sicher, dass er es war?«, fragte ich, wohl wissend, dass Beatrice wahrscheinlich ziemlich sicher war, aber dies trübte das Wasser, wenn man Livi als Hauptverdächtige betrachtete.

Beatrice nickte entschieden. »Absolut. Ich kenne Mel seit Jahren, und ich hatte meine Brille auf. Mit meiner Brille ist meine Sehkraft 20/20, Moira.«

Ich hätte fast angefangen zu lachen, aber ich biss mir auf die Innenseite der Wange und lächelte einfach. »Das bin ich sicher, Beatrice. Ich habe nur nachgefragt, weil es ehrlich gesagt alles ein bisschen verwirrend ist.«

»Was weißt du sonst noch?«, fragte sie, hielt ihre Stimme leise und blickte umher. Es waren einige Leute im Gang mit uns, aber niemand in Hörweite.

»Die Hauptsache ist, dass die Zwillinge wieder versucht haben, hilfreich zu sein. Sie haben sich gestern Nacht rausgeschlichen und sind zu Tom Lewis' Scheune gegangen. Nach dem, was letzten Herbst passiert ist, haben wir versucht, etwas vorsichtiger zu sein und sicherzustellen, dass sie nicht in eine schwierige Situation geraten. Ich bin sicher, du verstehst das.«

»Natürlich verstehe ich das. Diese Mädchen sind mächtig und werden in ihrem eigenen Recht noch mächtiger sein. Es ist reines Glück, dass sie nicht in Schwierigkeiten geraten sind, als sie den Mann erwischt haben, der in deinen Laden eingebrochen ist. Ich habe ihnen gesagt, dass ich stolz auf sie bin, dass sie so mutig waren, aber das heißt nicht, dass ich will, dass sie wieder in Schwierigkeiten geraten«, sagte sie, tsk-tskte und schüttelte den Kopf.

»Genau, also haben wir versucht, sie genug einzubeziehen, damit sie nicht zu neugierig werden. Keiner von uns hat daran gedacht, sie wissen zu lassen, dass wir Tom als Verdächtigen ausgeschlossen hatten, nachdem er mich erwischt hatte, als ich mich in seine Scheune transportierte.«

Beatrice blitzte ein verschmitztes Grinsen. »Du hättest mich fragen sollen, bevor du diesen Plan entwickelt hast, Liebes. Ich hätte dir sagen können, dass Tom Lewis die Fähigkeit hat, jeden zu spüren, wo er einen Schutzkreis gezogen hat. Es funktioniert nicht überall, aber er lebt seit über fünfzig Jahren auf diesem Grundstück.«

»Glaub mir, diese Lektion habe ich gelernt. Ich nehme an, das nächste Mal werde ich dich fragen«, antwortete ich mit einem Lachen.

Beatrice zwinkerte. »Ich muss dir das lassen, Liebes. Niemand kann behaupten, du seist nicht mutig. Typisch für die Zwillinge, dass sie versuchen, hilfreich zu sein.«

»Richtig. Als wir dort draußen waren, hat jemand einen Zauber gewirkt, um den Strom in der Scheune auszuschalten. Niemand wurde verletzt. Weil Jacob genau da war, als es passierte, konnte er den Zauber sofort zurückverfolgen. Diesmal kein Verdunklungszauber, um ihn zu verstecken. Lange Rede, kurzer Sinn, der Zauber wurde von Livi Munns gewirkt. Daniel sagt, das reicht nicht aus, um etwas damit anzufangen, weil er keinen Durchsuchungsbefehl auf der Grundlage von Hexenzaubern beantragen kann.«

Beatrice nickte feierlich. »Natürlich nicht, Liebes. Nun, ich frage mich jetzt, ob Livi und Mel zusammenarbeiten. Ich werde zum Mittagessen zu meiner Freundin Eva gehen. Vor Jahren war sie mit Livi befreundet, aber sie hatten einen Streit. Ich erinnere mich nicht einmal, worum es ging. Livi ist etwas launisch, auch etwas wechselhaft, und sie ist definitiv nachtragend. Sie hat nie überwunden, welchen kleinen Streit auch immer sie mit Eva hatte.«

»Hmm, ich bin neugierig, mehr darüber zu erfahren.«

Eine Frau hielt im Gang an und durchstöberte die Salatdressing-Abteilung. Ich nahm das als Hinweis, weiterzugehen. »Beatrice, es war schön zu plaudern. Du weißt immer, wo du mich findest, wenn wir uns nicht treffen, wenn du morgens spazieren gehst. Ich werde Gabriel bitten, dich anzurufen, okay?«

»Natürlich, Liebes. Hab einen schönen Abend«, antwortete Beatrice, bevor sie den Gang hinunterging.

Nachdem ich mit dem Einkaufen fertig war, traf ich Zoe in der Kassenschlange. »Hey«, sagte sie mit einem Grinsen.

»Hey, wie läuft's diese Woche?«, fragte ich.

»Oh, du weißt schon. Die Schule ist zu dieser Jahreszeit beschäftigt, weil wir in ein paar Wochen Tests haben. Alle werden so angespannt, wenn das bevorsteht.«

»Das kann ich mir vorstellen. Wann sind sie vorbei?«

Während ich sprach, warf ich reflexartig einen Blick in ihren Einkaufswagen, und meine Augen landeten sofort auf einem Schwangerschaftstest, der im Korb neben ihrer Hand lag.

»Nach weiteren zwei Wochen werden sie vorbei sein«, antwortete sie.

Als ich wieder zu ihr aufsah, muss sie meinen Gesichtsausdruck gelesen haben, da ihre Wangen sich rosa färbten. »Du weißt, dass ich versuche, schwanger zu werden.«

»Nun, ich weiß, aber du hast nicht wirklich darüber gesprochen. Ich möchte nicht fragen, weil ich nicht zu neugierig sein will.«

»Frag ruhig alles, was du willst, aber ich wünschte, wir hätten es Daniels Mutter nicht erzählt. Sie fragt jedes Mal, wenn sie uns sieht. Meine Mutter ist da ein besserer Sport und bedrängt mich nicht.«

»Wenn du einen Test hast, denkst du, er wird positiv sein?«

Zoe zuckte mit den Schultern, aber ein Lächeln breitete sich auf ihrem Gesicht aus. »Vielleicht. Wir werden sehen.«

Ich trat an ihre Seite und umarmte sie kurz. »Selbst wenn es diesmal nicht klappt, wird es bald sein. Ich weiß es einfach.«

Als sie zurücktrat, atmete Zoe tief ein und ließ es mit einem Seufzer aus. »Hoffentlich. Jedenfalls ist Daniel frustriert wegen des Ahornschlamassels.«

»Apropos, ich bin gerade auf Beatrice gestoßen. Sie sagte, sie hätte Daniel eine Nachricht hinterlassen. Sie war heute auf ihrem Nachmittagsspaziergang bei den Ahornfarmen und hat Livis Cousin Mel gesehen, wie er in den Bäumen herumschlich. Ich weiß nicht, was ich von all dem halten soll, und das alles wegen verdammtem Ahornsaft.«

»Es ist alles ein bisschen lächerlich. So albern es auch erscheinen mag, Ahornsaft ist ein großes Geschäft in Neuengland.«

Zoe war als Nächste dran, also wurde unser Gespräch unterbrochen, und Liam kam an, während ich darauf wartete, an der Kasse zu bezahlen. Auf dem Heimweg rief ich Gabriel an.

»Du musst Beatrice anrufen«, sagte ich, sobald Gabriel das Telefon abnahm.

»Hä? Wofür? Übrigens, wie geht es dir heute?«, fragte er mit einem Lachen.

»Mir geht's gut. Ich bin im Supermarkt auf Beatrice gestoßen. Du weißt, wie ich dir erzählt habe, dass sie ihren Nachmittagsspaziergang bei den Ahornfarmen machen würde?«

»Ja, klar. Ist etwas passiert?«

»Sie hat Mel Staple auf deinem Grundstück gesehen. Es könnte nichts bedeuten, aber ich bezweifle das mittlerweile.«

»Hat sie erwähnt, wo genau sie ihn gesehen hat?«

»In den Bäumen, wo du all die Ahornleitungen hast. Ich denke, du solltest Tom Lewis anrufen. Da dein Grundstück an seines grenzt, könnte er dir mit einem Schutzkreis helfen.«

»Ich könnte selbst einen wirken, aber er ist definitiv mächtiger als ich. Gib mir Beatrices Nummer, und ich werde sie anrufen.«

Ich sagte ihr schnell die Nummer. »Lass mich auch wissen, was Tom sagt, nachdem du mit ihm gesprochen hast.«

KAPITEL SECHZEHN

Am nächsten Morgen schaute ich bei Magic Beans vorbei, um meinen üblichen Kaffee und Scone zu holen. An der Spitze der Schlange angekommen, lächelte ich Sarah an. »Morgen, ich nehme das Übliche. Aber mit einem zusätzlichen Schuss.«

Sarah grinste. »Du nimmst immer einen zusätzlichen Schuss, also ist das dein Übliches. Blaubeer- oder Himbeer-Scone?«

»Himbeere.«

»Bist du sicher, dass du keinen Ahornzucker-Latte möchtest?«

»Oh, habt ihr die wieder?«

»Ja, Munns Maple und Maple Staple sind wieder in Betrieb. Ich konnte endlich etwas von ihrem Lagerbestand bestellen. Jetzt, wo ihre Versorgung wieder gesichert ist, verkaufen sie wieder. Hast du eine Ahnung, wann Nathan und Gabriel wieder verkaufen werden? Ich kaufe lieber bei ihnen, wenn ich kann.«

»Gabriel hofft, in ein oder zwei Wochen wieder verkaufen zu können. Er hat gezögert, weil seine Leitungen wieder durchgeschnitten wurden, genau wie bei Nathan. Beide hoffen auf Fortschritte bei den Ermittlungen, damit sie nicht ständig neue Leitungen installieren müssen, nur um sie wieder durchgeschnitten zu bekommen. Ich schätze, Munns Maple und Maple Staple hatten nicht die gleichen Bedenken.«

Sarahs Augen verengten sich, während sie meinen Kaffee zubereitete, ihre Stirn runzelte sich, als sie sich wieder umdrehte. »Hmm. Ich hoffe wirklich, dass sie nichts damit zu tun hatten.«

Ich hatte Sarah nicht über all die anderen Details informiert, die aufgetaucht waren, und jetzt war sicherlich nicht der richtige Zeitpunkt dafür. Also stimmte ich ihr einfach zu und ließ es dabei bewenden. Nachdem ich meinen Kaffee bezahlt hatte, nahm ich mir noch ein paar Minuten Zeit, schnappte mir einen Tisch in der Ecke und knabberte in aller Ruhe an meinem Scone, während ich über den Stand des Ahorndiebstahls nachdachte.

Gerade als ich dachte, wir würden uns auf Livi konzentrieren, brachte ihr Cousin für Verwirrung. Maple Staple Farm lag direkt neben Munns Maple. Vielleicht war er es, oder vielleicht arbeiteten sie zusammen. Egal wer verantwortlich war, ich konnte den langfristigen Nutzen des Diebstahls eines Haufens Ahornsaft nicht erkennen.

Ich war gerade dabei, meinen Scone aufzuessen, als ich meinen Namen hörte. Als ich aufblickte, sah ich Opal, die mit einem Kaffee in der Hand auf meinen Tisch zukam. »Guten Morgen, Moira«, sagte sie, als sie neben mir stehenblieb.

»Morgen, Opal. Wie geht es dir heute?«

»Mir geht es gut, danke. Schon Gedanken über deinen Hochzeitstag gemacht?«, fragte sie, ohne auch nur den Versuch zu unternehmen, sanft zum Thema überzuleiten.

Ich nahm einen Schluck Kaffee und lächelte. »Wir denken darüber nach. Ich verspreche, sobald wir ein Datum haben, werden wir es alle wissen lassen.«

Opal stemmte eine Hand in die Hüfte. »O-M-G. Wann werdet ihr endlich damit fortfahren?«

Opal und ihre Akronyme. Sie warf sie sporadisch ein, was es umso amüsanter machte.

Ich unterdrückte ein Lachen und zuckte mit den Schultern. »Sobald wir einen festen Plan haben«, antwortete ich.

Opal schüttelte seufzend den Kopf. »Nun, Liebes, schieb es nicht zu lange auf. Diese Stadt könnte eine Hochzeit gebrauchen, und nicht nur, weil es dein Schicksal ist. Ich glaube, es gab seit über zwei Jahren keine Hexenhochzeit mehr. Wie auch immer, wie läuft es im Laden? Das ist dein erster Winter, in dem du ihn alleine führst.«

»Das Geschäft läuft, wie zu erwarten war. Wir bekommen bereits unsere Frühjahrsbestellungen rein, damit wir genügend Vorräte haben, wenn es in ein paar Monaten wieder anzieht. Wie läuft es bei Beauty Bewitched?«

»Zu dieser Jahreszeit wie üblich ruhig. Ich habe tatsächlich überlegt, mit Emma zu sprechen. Ich weiß, dass sie für deine Mutter arbeitet, aber es ist Zeit für mich, darüber nachzudenken, wer die Zügel übernehmen kann, genau wie du es für Lea bei Persnickety Potions & Gifts getan hast.«

»Das könnte ihr gefallen. Ich kann mir vorstellen, dass du es genießen würdest, etwas kürzerzutreten.«

»Ich möchte immer noch bei der Führung des Geschäfts mitmischen, aber ich werde auch nicht jünger, und die Sommersaison macht mir mehr zu schaffen als früher.«

»Ich bin sicher, du wirst es herausfinden«, antwortete ich. Als ich auf meine Uhr blickte, bemerkte ich, dass es Zeit für mich war zu gehen. »Ich muss zum Laden«, sagte ich, während ich vom Tisch aufstand. »Möchtest du mit mir hinausgehen?«

Opal nickte, und wir gingen zusammen nach draußen. Sie machte sich auf den Weg zu Beauty Bewitched, das am Wicked Way lag. Währenddessen überquerte ich die Grünfläche zum Charming Way. Während ich lief, raste Beatrice um die Ecke. Heute Morgen bestand ihre Walking-Gruppe aus vier Personen. Die Morgende wurden jeden Tag etwas wärmer. Es waren nur kleine Veränderungen, aber wenn der Boden mit Schnee bedeckt war und der Atem in der Luft gefror, war der kleine Temperaturanstieg spürbar.

Beatrice trug heute Morgen eine leuchtend pinkfarbene Fleecejacke, deren Farbe sich deutlich vom Schnee abhob. In dem Moment, als sie mich sah, löste sie sich von ihrer Gruppe und steuerte auf einem der geräumten Gehwege auf mich zu. Innerhalb weniger Sekunden erreichte sie mich und kam abrupt zum Stehen. »Guten Morgen, Moira. Ich habe eine Neuigkeit.«

Beatrice war nie jemand, der Zeit damit verschwendete, nicht direkt auf den Punkt zu kommen. »Guten Morgen, Beatrice. Um was geht es?«

»Wie ich dir gestern Abend im Lebensmittelgeschäft gesagt habe, habe ich mit Eva gesprochen, um sie nach Livi zu fragen. Sie hat mir ins Gedächtnis gerufen, warum sie sich zerstritten haben. Damals in der Highschool war Livi in den entfernten Cousin deiner Mutter, Benjamin, verliebt – denjenigen, der Gabriel die Ahornfarm hinterlassen hat. Damals sagte Benjamin ihr, sie solle ihn in Ruhe lassen, weil er in Elizabeth verliebt war, die er schließlich heiratete.«

»Und was hat das jetzt mit irgendetwas zu tun?«

»Nun, laut Eva hat Livi ihn nie wirklich überwunden. Ich glaube, sie hatten ein oder zwei Dates. Damals, weil Livis Eltern Munns Maple besaßen und seine Eltern Mystic Maple, hatte sie diese Idee, dass sie ihre Kräfte vereinen würden. Es war alles irgendwie lächerlich. Aber Livi war schon immer etwas lächerlich. Nachdem Benjamin Elizabeth geheiratet hatte, hasste sie ihn und hasste seine Frau erst recht. Eva sagte, Livi sei tatsächlich froh gewesen, als sie keine Kinder bekamen. Da hat Eva sie zur Rede gestellt. Seitdem haben sie nicht mehr miteinander gesprochen. Eva sagte, Livi hätte sich eingeredet, dass Benjamin heimlich in sie verliebt war. Weil er und Elizabeth nie Kinder hatten, kam sie auf diese verrückte Idee, er würde ihr seinen Ahornhof vermachen, damit der Traum von der Vereinigung ihrer Höfe nach seinem Tod verwirklicht würde. Die ganze Sache ist einfach verrückt, wenn du mich fragst. Noch verrückter ist, dass Eva sich tatsächlich fragte, ob Livi etwas mit dem Tod seiner verstorbenen Frau zu tun hatte. Livi hat zwar Kräfte, aber sie sind nur mittelmäßig. Sie war total darauf fixiert, durch die richtige Heirat mehr Macht zu erlangen, und war absolut wütend, als es nicht klappte. Also, da hast du's. Ich muss weiter. Sobald ich heute Morgen mit meinem Spaziergang fertig bin, werde ich mit Daniel sprechen«, sagte Beatrice.

»Wow. Das ist eine Menge«, sagte ich schließlich. »Ich hoffe, du nimmst Eva mit, wenn du mit Daniel sprichst.«

»Natürlich, das ist mein Plan«, antwortete sie. »Ich wünsche dir einen schönen Tag.« Damit drehte sie sich weg. Ich hatte oft das Gefühl, ein Auto beim Schalten zu beobachten, wenn ich ihr beim Gehen zusah. Sie begann normal zu gehen und beschleunigte dann, wobei ihre Ellbogen flogen, als sie ihre Gruppe auf der anderen Seite der Grünfläche einholte.

Ich betrat den Laden und überlegte, dass es endlich eine bedeutende Wendung in diesem Fall geben könnte. Die wilde Geschichte über Livi und ihre unerwiderte Liebe könnte tatsächlich das Motiv sein. Obwohl es immer noch nicht erklärte, warum ihr Cousin sich auf Gabriels Grundstück herumschlich.

KAPITEL SIEBZEHN

Beatrice schaute später im Laden vorbei, um mir mitzuteilen, dass sie mit Eva mit Daniel gesprochen hatte. Obwohl ich höllisch neugierig war zu erfahren, was er dachte, wusste ich, dass er wahrscheinlich nichts preisgeben würde. Ich müsste wohl Zoe einspannen, um zu sehen, ob sie Informationen aus ihm herausbekommen könnte.

Währenddessen planten Liam und ich, Gabriel heute Abend im Mystic Maple zu besuchen. Gerade als ein Kunde den Laden verließ, kam meine Mutter herein, begleitet von einem Windstoß und etwas Schnee, die durch die Tür hereinwehten. Der Tag war von kurzen Schneeschauern durchzogen gewesen.

»Hi, Mama«, sagte ich, als die Tür hinter ihr zufiel.

Sie blickte mit einem Lächeln auf, während sie leicht ihren Mantel ausschüttelte und den Schnee aus ihren Haaren strich. »Wie geht es dir heute, Liebes?«

»Gut. Was führt dich her?«

»Ich wollte einen Trank für Penelope herstellen. Sie kommt nächste Woche zurück, weißt du.«

»Ach richtig. Ich bin überrascht, dass sie sich nicht entschieden hat, länger zu bleiben wie letztes Jahr«, bemerkte ich.

Tante Penelope hatte sich angewöhnt, jeden Winter spät im Jahr

Urlaub zu machen. Wenn ihr die Kälte zu viel wurde, verreiste sie für ein paar Wochen an einen warmen Ort. Obwohl ich letztes Jahr nicht in Charm Cove war, als sie in den Urlaub fuhr, erinnerte ich mich, mit meiner Mutter darüber gesprochen zu haben, weil Penelope sich letztendlich entschieden hatte, zwei Monate wegzubleiben.

Meine Mutter lachte, als sie zur Theke kam, ihre Handschuhe auszog und den Schal von ihrem Hals wickelte. »Ich weiß. Ich glaube, sie hatte letztes Jahr eine Liebesaffäre. Sie gibt es nicht zu, weil sie denkt, sie sei zu alt für so was.«

»Oh, wirklich?«

Meine Mutter zwinkerte. »Das denke ich jedenfalls. Wie auch immer, sie hat mich gestern Abend angerufen und mir ihren Flugplan gegeben, also werde ich sie in Portland abholen. Ich dachte, ich schaue mal vorbei und stelle schnell eine Portion von diesem Trank her, den ich gegen Erschöpfung und Jetlag mache. Du hast nichts dagegen, oder?«

Ich hatte mich daran gewöhnt, dass meine Mutter und Tante Lea vorbeikamen, wann immer sie Tränke herstellen wollten. »Natürlich nicht, mach was du willst. Ich leiste dir Gesellschaft. Ich würde sowieso gerne lernen, was du in diesen Trank gibst. Es ist nichts, was wir normalerweise verkaufen. Warum eigentlich?«, fragte ich, während ich ihr durch den Perlenvorhang nach hinten folgte.

»Ich denke, wir verkaufen ihn gelegentlich, aber er gehört nicht zu den Standardprodukten. Wenn ich eine Portion herstelle, stellen wir normalerweise ein paar Flaschen nach vorne. Die anderen Tränke sind jedoch beliebter, besonders die Liebestränke.«

Sie setzte sich auf einen Hocker und begann, die Flaschen mit Kräutern und anderen Zutaten auf den Regalen über dem Arbeitstisch zu durchforsten. Ich ließ mich auf einen Hocker neben ihr nieder und nahm mir vor, nach vorne zu gehen, falls ich die Türklingel hören sollte.

Tränke waren nicht so kompliziert, wie man denken könnte, wenn man nicht zufällig eine Hexe oder ein Hexer war. Die Zutaten ähnelten denen einfacher Kräuterrezepte, wobei der magische Touch tatsächlich Magie war. Wir verwendeten Kombinationen von Zutaten, die auf normalem Niveau für Körper, Geist oder Herz wohltuend wären, und fügten dann ein wenig Magie hinzu, um ihnen Schwung zu verleihen und sie wirksamer zu machen. Wir hatten die Fähigkeit, die Magie anzupassen, und die meisten Tränke, die wir hier verkauften, hatten einen sehr leichten Hauch von Magie.

Wenn es um Magie bei Menschen ging, die nicht übernatürlich waren, war die Verwaltung des Kraftunterschieds bei Tränken etwas schwieriger, weil Menschen ohne Kräfte mehr oder weniger empfindlich waren. Manche Menschen hatten unerwartete Reaktionen. Wenn wir die Magie leicht hielten, mussten wir uns keine Sorgen über negative Reaktionen machen.

Nachdem meine Mutter ihre Zutaten ausgewählt hatte und angefangen hatte, fasste ich zusammen, was Beatrice mir heute Morgen auf dem Grün mitgeteilt hatte. »Erinnerst du dich an irgendetwas davon?«, fragte ich, nachdem ich Livis unerwiderte Liebesaffäre mit dem entfernten Cousin meiner Mutter skizziert hatte.

Meine Mutter sah mich an und zwinkerte. »Ich glaube, du vergisst, Liebes, dass ich deutlich jünger bin als Beatrice und Livi. Diese Ereignisse hätten sich weit vor meiner Zeit abgespielt, als ich alt genug war, um zu verstehen, was vor sich ging. Ich erinnere mich an ein bisschen Gerede über Elizabeth, als sie starb. Es war unerwartet. Sie war recht jung für jemanden, der aus heiterem Himmel stirbt. Sie hatte angeblich Krebs, und sie haben es erst entdeckt, als es zu spät war. Ich denke, Lea und ich sollten Livis Cousin Mel besuchen. Wir kennen ihn tatsächlich. Er ist etwas jünger als Livi, und als ich aufwuchs, lebte seine Familie gleich die Straße runter. Seine beiden Eltern sind inzwischen gestorben, und sie verkauften das Haus. Er hatte geheiratet und war woanders hingezogen, bevor er nach ihrem Tod nach Charm Cove zurückkam. Ich werde Lea mitnehmen, um mit ihm zu sprechen. Falls er etwas im Schilde führt, können wir beide ihn überwältigen.«

»Mama, ich bin mir nicht sicher, ob das eine gute Idee ist. Ich meine, alles deutet auf Livi hin, aber wir wissen nicht wirklich, wie er involviert ist. Beatrice hat ihn auf Gabriels Grundstück gesehen.«

Meine Mutter schielte zu mir herüber. »Das von dem Mädchen, das keine Bedenken hat, sich zu teleportieren, wohin es gehen möchte, unabhängig von Sicherheitsbedenken. Du hast einfach Glück, dass du das erste Mal von Tom Lewis erwischt wurdest. So mürrisch er auch sein kann, er ist ein netter Mann, und er würde dir nie etwas antun. Es ist reines Glück, dass das das erste Mal war, dass du erwischt wurdest. Lea und ich können uns bei nichts weiter als einem Besuch, um ein paar Fragen zu stellen, sehr gut selbst helfen.«

»Gut. Verstanden«, murmelte ich.

»Ich hoffe, du wirst in Zukunft vorsichtiger damit sein. Dein Vater hat sich immer Sorgen darum gemacht.«

»Mama, der einzige Grund, warum Tom wusste, dass ich es war, ist, weil ich mich nicht entschieden habe, mich zurückzuteleportieren. Ich kann in einem Blitz verschwinden. Das weißt du. Ich habe diesen Zauber ständig geübt, sobald wir wussten, dass ich es konnte.«

Meine Mutter seufzte erneut, während sie vorsichtig etwas Trank in eine Flasche goss. »Schon gut. Ich nehme an, du hast Recht. Ich gehe davon aus, dass Beatrice Eva mitgenommen hat, um mit Daniel zu sprechen«, sagte sie und wechselte das Thema zurück zur wichtigeren Angelegenheit.

»Ja. Du weißt, dass Daniel uns nichts verraten wird. Wie dem auch sei, keine dieser Informationen basiert auf Magie, also sollte es hilfreich sein.«

Meine Mutter kicherte leise. Sie schaute in den kleinen Messbecher, den sie hielt. »Ich habe hier noch genug für etwa vier Flaschen übrig. Sollen wir sie etikettieren, und dann kannst du sie verkaufen?«

»Können wir machen«, antwortete ich.

KAPITEL ACHTZEHN

Liam brachte das Auto vor einer der Scheunen von Mystic Maple zum Stehen. »Wow, es ist schon einen Monat her, seit ich hier war, und er hat viel Arbeit geleistet«, stellte ich fest.

In den Jahren bevor Benjamin Wicked verstorben war, hatte er das Ahornsirup-Geschäft nicht aktiv betrieben. Deshalb hatten die beiden Scheunen einige Arbeiten nötig gehabt. Gabriel hatte im letzten Monat neue Verkleidungen und ein brandneues Schild an der Außenseite angebracht.

»Das kann man wohl sagen«, kommentierte Liam, als wir aus dem Auto stiegen. »Weißt du, ob Gabriel die Gelegenheit hatte, mit Tom über die Erweiterung des Schutzkreises zu sprechen, den er um sein Grundstück hat?«

»Soweit ich weiß, hatte er das vor.«

»Gut«, sagte Liam, als wir durch die breiten Doppeltüren in den Eingangsbereich einer der Scheunen traten. Kleinere Betriebe bezeichneten die Ahornsirup-Scheunen typischerweise als Zuckerhütten. Einige davon waren kleine Hütten, und manche Leute, die Ahornbäume für ihren persönlichen Bedarf anzapften, kümmerten sich in ihren Küchen um die Verarbeitung des Saftes.

Größere Betriebe nahmen ganze Scheunen ein, wobei die Schwerkraftleitungen von den Bäumen in die Scheune und in automatisierte Systeme führten, die eingerichtet waren, um den Saft zu Sirup und sogar zu granuliertem Ahornzucker zu verarbeiten.

Als ich das letzte Mal hier war, war alles im Inneren mit Staub bedeckt gewesen. Nachdem wir eingetreten waren, ließ ich meinen Blick durch den Raum schweifen. Die Ausrüstung glänzte, und Gabriel arbeitete in der Ecke an einem großen Gerät.

»Hallo ihr«, rief ich, meine Stimme hallte im Raum wider.

Gabriel schaute auf und hob seine Hand zum Gruß. »Hey, bin gleich da.« Er legte ein Werkzeug ab und wischte seine Hände an einem Handtuch auf einem Stahltisch ab.

»Es sieht aus, als wäre alles bereit zum Loslegen«, kommentierte Liam, als sein Blick den Raum durchstreifte.

»Danke. Es hat mich beschäftigt, und das ist eine gute Sache. Ich genieße meine Arbeit in der forensischen Buchhaltung, aber ich brauchte etwas anderes, als meinen Kopf nur in Zahlen zu vergraben. Ich hatte alles nach Vorschrift eingerichtet, bevor meine erste Charge durch den Diebstahl durcheinander geriet und die Schwerkraftleitungen durchschnitten wurden. Alle Leitungen sind jetzt aber wieder an Ort und Stelle«, erklärte Gabriel.

»Hattest du die Gelegenheit, mit Tom über den Schutzzauber zu sprechen?«

Gabriel nickte. »Er kommt tatsächlich heute Abend vorbei. Er sagte, es ist gerade weit genug von seinem Haus entfernt, dass er vorbeikommen musste, um sich darum zu kümmern. Heute auch von Daniel gehört. Er kam vorbei und bat mich, diesen Ort bis morgen betriebsbereit zu haben. Zwischen Beatrice und ihrer Freundin, die ihm ein wenig Hintergrund zu Livi gaben, denkt er, dass er einen guten Fall hat, wenn wir sie tatsächlich auf frischer Tat ertappen können. Er hofft, wenn die anderen Ahornsirup-Betriebe wieder funktionieren, könnte sie etwas anderes versuchen. Der lose Faden ist Mel Staple.«

»Oh richtig, ich habe vergessen zu erwähnen, dass Mama und Lea heute Abend versuchen werden, mit ihm zu sprechen.«

Gabriel schüttelte langsam den Kopf. »All dieser Wirbel wegen Ahornsaft.«

Ich zuckte mit den Schultern. »Es ist ein Business, oder? Ich meine, für dich ist es ein Nebenjob, aber Nathan ist ziemlich gestresst deswegen.«

»Es ist seine Haupteinnahmequelle«, fügte Liam hinzu.

Ich schlenderte hinüber, um einen Blick auf einen riesigen Edelstahlbehälter zu werfen. »Wie viel planst du zu verkaufen, sobald du voll funktionsfähig bist?«, fragte ich.

»So viel ich kann. Die Ahornsirup-Saison dauert nur etwa sechs Wochen, also ist es sowieso kein Vollzeitjob für mich. Soweit ich feststellen kann, wenn ich mich umschaue, gibt es eine Menge Nachfrage. Auch wenn Nathan mit voller Kapazität läuft, werde ich sein Geschäft nicht beeinträchtigen. Ich möchte mich auf kleinere Bestellungen und solche Dinge konzentrieren, während er sich ganz auf die großen Vertriebshändler konzentriert, weil es ein garantierteres Einkommen ist. Was meinen Wettbewerb mit anderen angeht...« Gabriel hielt inne und grinste dann. »Das ist mir egal.«

Ich hatte mich gerade umgedreht, um zurück dorthin zu gehen, wo Liam und Gabriel standen, als ein helles Licht aufblitzte und direkt vor mir auf den Boden traf.

»Was zum Teufel?«, rief Gabriel aus.

Alle drei von uns drehten sich in die Richtung des Lichts, das durch ein Fenster kam. Es gab einen Bewegungsblitz und dann einen weiteren Lichtblitz. Gabriel hob eine Hand und fing den Zauber. Das war einer seiner praktischen Tricks.

Im Gegensatz zu meinem Vater hatte er nicht die Kraft, die Präsenz von Magie zu spüren. Aber wenn ein Zauber vor ihm gewirkt wurde, konnte er ihn tatsächlich einfangen. In gewisser Weise diente seine Kraft als Blockierzauber, obwohl das nicht ganz der Mechanismus war. Es war kein Stehlen von Magie, weil er sie nicht behalten konnte, nachdem er sie eingefangen hatte. Dennoch konnte er denselben Zauber direkt an denjenigen zurückschicken, der ihn gewirkt hatte.

Er konnte ihn auch vollständig auflösen. In diesem Fall blieb er still stehen, den Zauber in seinen Händen haltend, der wie ein heller, weißer Ball schimmerte.

»Ich weiß nicht, ob dies dazu gedacht war, jemandem zu schaden. Ich wage es nicht, ihn zurückzuwerfen, nur für den Fall.«

Blitzschnell löste sich der Ball auf wie Glitzer, der zu Boden fällt. Die Funken verflüchtigten sich zu Rauch. In diesem Moment kam ein weiterer Blitz durch ein anderes Fenster. Gabriel fing den Zauber und hielt ihn still in seinen Händen, löste ihn wieder auf.

Liam stürmte zur Tür, aber als er versuchte, sie zu öffnen, konnte er es nicht. »Wer auch immer da draußen ist, will nicht, dass wir gehen«, sagte er.

»Nun, wir können Zauber für Zauber spielen«, murmelte ich.

Ich schloss meine Augen und konzentrierte mich schnell, drehte mich innerlich in einen Tunnel aus Rauch und Glitzer. Gerade als ich den Schwung des Transports spürte, prallte ich gegen eine unsichtbare Kraft und landete genau dort, wo ich gestanden hatte. In einer Sekunde fing Gabriel einen weiteren Zauber, der in die Scheune geworfen wurde.

Wir hörten eine Stimme rufen und dann einen Lichtblitz außerhalb der Fenster. Liam zog erneut an der Tür und konnte sie diesmal öffnen. Mittlerweile wurde ich, weil ich meinen Transportzauber gewirkt hatte, direkt zurück in ihn gesogen. Das war ein Novum. Ich hatte diesen Zauber noch nie begonnen und nicht abgeschlossen, daher war ich nicht darauf vorbereitet, dass er wieder aufgenommen werden würde, wenn ihn nichts mehr blockierte.

Ich hatte nur vorgehabt, mich selbst außerhalb der Scheune zu bringen. In einem Augenblick war ich dort. Livi stand draußen mit ihrem Zauberstab direkt auf mich gerichtet, ihr Gesicht rot, als sie eine Art Kauderwelsch ausrief.

Liam drehte sich schnell, blockierte effektiv, was auch immer sie gerade in meine Richtung geworfen hatte. Emma und Jackson waren ebenfalls draußen. Ich vermutete, dass sie etwas getan hatten, um den Bann um die Scheune zu eliminieren. Als Livi ihren Zauberstab erneut hob, gab es einen blauen Blitz und dann wickelten sich leuchtende Ringe um sie und hielten sie an Ort und Stelle.

Wie ihre Mutter und ihre jüngeren Schwestern hatte Emma eine Variation der Fesselkräfte. Sie war mächtig genug, dass sie Livi leicht an Ort und Stelle halten konnte. Mit einem Handgelenksschlenker fügte sie Livi noch ein paar Bänder hinzu. Mit einem Blick zu Jackson und Liam rief sie hinüber: »Jemand muss Daniel anrufen.«

Jackson tätigte schnell den Anruf. Livi war wütend, mit fleckig roten Wangen und Tränen, die ihr Gesicht hinunterliefen. Sie starrte uns an.

»Was ist los, Livi? Warum tust du all das?«, fragte ich, als ich mich ihr näherte und ihren Zauberstab aufhob, den sie im Verlauf von Emmas Fesselzauber fallen gelassen hatte.

»Ihr habt alles ruiniert«, spuckte sie aus. »Ich habe jahrelang damit gewartet, meine Rache zu nehmen. Das hier sollte mir gehören.« Sie versuchte, in Richtung der Scheune zu zeigen, aber ihre Arme waren an ihre Seiten gefesselt. »Benjamin und ich sollten heiraten. Das Mindeste, was er hätte tun können, wäre gewesen, mir all das zu hinterlassen. Stattdessen hat er es *dir* hinterlassen.« Ihr anklagender Blick schwenkte in Gabriels Richtung, als er aus der Scheune trat.

»Du hast dir all diese Mühe deswegen gemacht?«, fragte ich. »Nichts für ungut, und ich bin sicher, es hat wehgetan, als er deine Liebe nicht erwidert hat, aber das ist über fünfzig Jahre her.«

Ihre braunen Augen verengten sich, als sie mich ansah. Mit ihrem lockigen grauen Haar, das ein wildes Durcheinander war, und ihrer unordentlichen Kleidung sah sie ein bisschen verrückt aus. Ich nehme an, das war sie auch.

»Von allen solltest gerade du verstehen, wenn etwas vorbestimmt ist. Wir waren vielleicht nicht dazu bestimmt, zusammen zu sein wie du und Liam, aber wir waren füreinander bestimmt. Benjamin war nur zu dumm, um es zu sehen«, entgegnete sie.

Tom Lewis kam durch die Bäume am Rand seines Ahornfarm-Grundstücks gelaufen. Er schien nicht im Geringsten erschüttert zu sein, uns alle dort zu sehen, noch Livi zu sehen, die in blauen Bändern durch Emmas Fesselzauber eingewickelt war.

Er blieb neben Gabriel stehen, als er uns erreichte. »Ich hätte wohl Zeit finden sollen, gestern Abend herzukommen«, sagte er mit einem Kichern. »Besser spät als nie.«

Gabriel brach in Gelächter aus. Ein Auto bog in die Einfahrt ein, und wir alle blickten in diese Richtung. »Oh, das ist Mamas Auto«, bemerkte ich.

Kurz darauf stiegen sie und Lea aus dem Auto, zusammen mit Livis

Cousin, Mel Staple. Livi richtete ihren wütenden Blick mit einem Schnauben in seine Richtung.

»Nun, es sieht aus, als wäre alles geregelt. Niemand wurde verletzt?«, fragte meine Mutter, ihr Blick wanderte zwischen uns hin und her und verweilte kurz auf Livi.

»Ein paar knappe Momente, aber wir sind in Ordnung«, antwortete Gabriel.

»Und ich dachte, nach Charm Cove zurückzukommen, könnte ein bisschen langweilig sein«, murmelte Jackson unter seinem Atem.

Emma kicherte, behielt aber ihren Fokus auf Livi.

»Nun, Mel hier kann wahrscheinlich die Lücken füllen«, sagte Lea.

Mels verblichene blaue Augen sahen müde aus, und sein graues Haar war zerzaust, als ob er zu oft mit der Hand hindurchgefahren wäre. Er war dünn und groß und bewegte sich langsam, als er näher zu Livi trat.

Er sah sie an und schüttelte langsam den Kopf. »Ich weigere mich, weiterhin ein Teil davon zu sein. Nicht, dass ich überhaupt Teil davon sein wollte«, fügte er hinzu und blickte sich um. »Sie hat mich erpresst. Ich habe eine Menge Geld verloren. Ich bin nicht sicher, wie Livi es herausgefunden hat, aber das hat sie. Schlechte Spielsucht. Ich habe meiner Frau versprochen, dass ich aufgehört hätte. Sie wird am Boden zerstört sein. Aber ich kann dieses Durcheinander nicht weiter verbergen.«

»Was ist passiert?«, fragte ich.

»Die Kurzfassung ist, dass ich Livi geholfen habe, mit Magie den Saft von allen zu stehlen und die Schwerkraftleitungen zu zerstören. Das schien harmlos genug, aber jetzt ist es zu weit gegangen. Sie wollte Gabriel unter Druck setzen, diesen Hof an sie zu verkaufen, indem sie es zu mühsam machte, sich damit zu befassen. Was ich nicht wusste, bevor ich anfing, war, dass sie Benjamins Frau vergiftet hat. Sie tat es langsam mit Arsen. Niemand hat es bemerkt, und Elizabeth war gerade alt genug, als sie schließlich starb, dass niemand nachforschte. Du bist verrückt. Das ist völlig außer Kontrolle geraten«, sagte er und blickte zu Livi. Er wandte sich wieder an den Rest von uns und seufzte. »Es geriet außer Kontrolle, als sie besorgt wurde, dass ihr alle einer Sache auf der Spur wart und herausfinden könntet, dass sie etwas mit

Elizabeths Tod zu tun hatte. Da hat sie wirklich die Fassung verloren. Ich habe herausgefunden, dass sie Verdunklungszauber gewirkt und zusätzlich zu allem anderen die Sicherheitsaufnahmen beschädigt hat. Ich hatte bereits vor, mit Daniel zu sprechen, aber ich wusste nicht, wie ich all das erklären sollte. Es ist so verrückt.«

Als wäre er beim Namen herbeigerufen worden, bog Daniels Streifenwagen in die Einfahrt ein, gefolgt von einem weiteren Streifenwagen.

»Du solltest vielleicht den Zauber aufheben«, sagte ich leise zu Emma.

Obwohl Daniel gut über die Kräfte von Hexen Bescheid wusste und zufällig mit einer verheiratet war, wäre es nicht gut, wenn er auftauchen und eine Verdächtige vorfinden würde, die von leuchtenden blauen Lichtbändern festgehalten wurde.

Emma fing meinen Blick auf und nickte. Sie trat zurück, während Jackson, Liam und Gabriel alle um Livi herumtraten. »Wir warten einfach genau hier. Wenn sie eine Bewegung macht, haben wir sie«, sagte Liam und sah zu mir.

»Oh, verpisst euch doch«, murmelte Livi.

Emma ließ den Zauber fallen, und die blauen Bänder lösten sich mit einem Hauch von weißem Rauch auf. Livi schien sich sehr bewusst zu sein, dass sie von allen Anwesenden übertroffen und übermächtigt wurde. Obwohl Tom entspannt aussah, als er sich an einen Baum lehnte, zweifelte ich nicht eine Sekunde daran, dass er alles stoppen könnte, was sie zu tun versuchte.

Daniel brachte seinen Streifenwagen zum Stehen, stieg in seiner Polizeiuniform aus und blickte zwischen uns umher. Sein Stellvertreter, Arnold, stieg aus und sah ein wenig unsicher aus, als er sich umschaute. Wie Daniel hatte Arnold selbst keine Magie, aber er wusste davon und war zufällig mit einer Hexe verheiratet.

Über die Jahrhunderte hinweg hatten die Hexenfamilien von Charm Cove sichergestellt, dass wer auch immer für die Polizei arbeitete, Hexen und Zauberern freundlich gesinnt war. Das Letzte, was die Stadt brauchte, war eine übereifrige Polizeibehörde, die Angst vor Hexen hatte und Hysterie schürte. Nein danke. Solche Hysterie in Salem vor ein paar Jahrhunderten hatte dazu geführt, dass die Gründerfamilien weit die Küste von Maine hinauf geflohen waren. In Anbetracht dessen, dass Hexen und Zauberer vor langer Zeit alle Stadtverordnungen geschrieben hatten und mehr als die Hälfte der Bevölkerung der Stadt ausmachten, war es nicht schwierig sicherzustellen, dass die Wähler einen Polizeichef unterstützten, der Verständnis für Magie hatte.

Arnold zog ein kleines Notizbuch heraus, während Daniel ein kleines Handaufnahmegerät hervorholte. »Okay, wer möchte anfangen und mir erzählen, was hier los ist? Ich muss nicht von allen auf einmal hören«, sagte er, wobei sein Blick auf Lea verweilte.

Sie grinste. »Ich werde still sein. Ich war eigentlich die ganze Zeit nicht hier.«

Gabriel trat vor. »Warum fängst du nicht mit mir an? Ich kann dir erzählen, was in der Scheune passiert ist, und dann musst du vermutlich von Emma und Jackson hören, was hier draußen geschah, bevor der Rest von uns aus der Scheune kam.«

»Bevor du weitergehst«, rief Liam von seinem Platz neben Libby, »würde ich empfehlen, ihr Handschellen anzulegen. Mel berichtet, dass sie Elizabeth Wicked vergiftet hat. Es gibt noch viel mehr zu der Geschichte, aber das ist ein Anfang.«

Daniel nickte einfach Arnold zu, der hinüberging und Livi Handschellen anlegte, während er ihr ihre Rechte vorlas. Ihr Gesicht war rot, und Tränen rollten ihre Wangen hinunter, aber sie wehrte sich nicht dagegen.

»Die Heizung ist im Streifenwagen an, wenn du sie auf den Rücksitz setzen möchtest«, rief Daniel.

KAPITEL NEUNZEHN

Stunden später lehnte ich mich an Liams Schulter, holte tief Luft und ließ sie mit einem Seufzer wieder entweichen. »Okay, ich bin offiziell müde.«

Liams leises Lachen vibrierte an meinem Ohr, während er mit einer Hand durch mein Haar strich. »Das glaube ich dir. Mit all Livis Jammern und Heulen habe ich Kopfschmerzen bekommen.«

Ich wollte mich aufrichten, aber er schüttelte den Kopf und zog mich zurück an seine Seite, wo wir auf dem Sofa vor dem Kamin saßen. »Hab schon Ibuprofen genommen. Mir geht's gut.«

»Okay«, antwortete ich und entspannte mich wieder an seiner Seite. »Ich muss sagen, es war ziemlich abrupt, wie mein Zauber so unterbrochen wurde.«

Liam schüttelte den Kopf. »Das kann ich mir vorstellen. Ich bin froh, dass es dir gut geht. Sieht so aus, als hätte Livi einfach durchgedreht.«

»Das ist eine Möglichkeit, es auszudrücken.«

Ghost flitzte durch seine Katzenklappe von der hinteren Veranda herein. Nach einem kurzen Stopp an seinem Wassernapf gesellte er sich zu uns vor dem Kamin. Mit Ghosts Schnurren im Hintergrund sah Liam zu mir herüber, sein Blick intensiv. »Ich habe nachgedacht –

wie wäre es, wenn wir gegen Ende des Sommers nach Schottland fahren? Das Wetter soll dann dort warm sein. Wir können eine weitere Zeremonie oder was auch immer unsere Familien zur nächsten Wintersonnenwende machen wollen, veranstalten. Was meinst du?«

Mein Herz klopfte hart und schnell in meiner Brust, als ich in seine Augen schaute. Ich nickte, bevor ich überhaupt darüber nachgedacht hatte. Ich kannte die Antwort. Es fühlte sich richtig an.

»Ich finde, das ist perfekt.«

Das Letzte, was ich sah, war sein Lächeln, bevor seine Lippen meine trafen.

Etwa einen Monat später

Ich betrat Maple Mayhem und lächelte, als ich mich umsah. Der Laden war voller Touristen, und die Regale waren mit Ahornbonbons in jeder erdenklichen Variation bestückt.

Delia stieß gegen mich, als ich anhielt, um eine der Vitrinen zu betrachten. »Ups! Entschuldige, Moira. Wie viel dürfen wir nehmen?«, fragte sie.

Als ich über meine Schulter blickte, wurde ich von zwei identischen Grinsen und zwei Paaren großer blauer Augen begrüßt.

»Drei pro Person. Das hat eure Mutter gesagt.«

»Aber Tom liebt die Ahornkaubonbons«, sagte Celia.

»Wir versprechen, die sind nicht für uns. Die sind für ihn«, fügte Delia mit einem energischen Nicken hinzu.

»Okay, eine Schachtel Ahornkaubonbons für Tom und drei Stück von dem, was ihr für euch selbst aussucht. Das ist alles.«

Die Zwillinge hatten das Angebot von Tom Lewis angenommen und verbrachten einen Nachmittag pro Woche mit ihm, um an ihrer Magie zu arbeiten. Keiner von uns wusste wirklich, was er ihnen beibrachte, aber keiner von uns machte sich deswegen Sorgen. Das Lustige am Aufwachsen in einer Hexenfamilie war, dass der Unterricht in gewisser Weise automatisch erfolgte. Es war Teil des Alltags. Dennoch würde es den Zwillingen viel Erfahrung bringen, dass ein Hexenmeister mit Toms Macht anbot, sie zu unterrichten.

Ich hatte das Glück gehabt, dass meine Mémé dasselbe mit mir getan hatte. Aber sie war vor Jahren gestorben. Celia und Delia waren noch ziemlich jung. Abgesehen davon, mehr darüber zu lernen, wie man Magie einsetzt, war es gut für sie, Zeit mit Tom zu verbringen. Er war diszipliniert und hielt sie zumindest einen Nachmittag in der Woche von Unfug ab.

Nachdem wir eingekauft und vom Ladenbesitzer gehört hatten, wie sich das Geschäft nach den paar Wochen, in denen es etwas heikel geworden war, wieder normalisiert hatte, gingen wir zurück in Richtung Persnickety Potions & Gifts. Liam holte uns wie üblich ab. Ich hatte ihm gesagt, er solle uns auf dem Stadtgrün finden. Es war ein seltener sonniger Tag im April. Obwohl der Frühling noch nicht offiziell begonnen hatte, schmolz der Schnee endlich auf der Wiese. Wir müssten noch durch die Regenschauer dieses Monats kommen, bevor wir mit grünem Gras und Blumen rechnen konnten.

Inzwischen war der große Ahorn-Streich endlich aufgeklärt worden. Livi saß wegen Mordes, Diebstahls und Vandalismus im Gefängnis. Der Kreuzworträtselsatz wurde nach der Meldung ihrer Verhaftung erfolgreich gelöst. *Wahre Liebe besiegt alles für Livi und Benjamin. Rache ist mein, Livi*

Ich vermutete, ihre Rache war ein schwacher Trost im Gefängnis. Ihre Familie hätte Munns Maple weiterführen können, entschied sich aber stattdessen dafür, es zu verkaufen und das Geld zu nutzen, um einen hochkarätigen Anwalt für sie zu engagieren. Ihr Ehemann war untröstlich über ihre angebliche Liebe zu Benjamin und glaubte immer noch nicht, dass sie irgendetwas verbrochen hatte.

Munns Maple war geschlossen. Nathan hatte Geld unter den Guten Hexen und Hexenmeistern gesammelt, um es zu kaufen, aber er hatte keine Zeit, den Betrieb für dieses Jahr vorzubereiten. Die Ahornsaison war vorbei und bald würden die Ahornbäume voller Blätter sein. Die Knospen zeigten sich bereits. Der Ahornsaft hatte den frühen Ruf des Frühlings angekündigt und der Rest der Natur würde bald folgen.

Liam und ich hatten unseren jeweiligen Familien den Plan für unsere Hochzeit mitgeteilt. Wenn es hinter den Kulissen Gemurre gegeben hatte – was ich durchaus erwartete – wagte es niemand, es laut zu sagen.

Wer könnte vernünftigerweise dagegen argumentieren, dass wir uns entschieden hatten, am selben Ort zu heiraten wie das erste Wicked-Good-Paar?

Ich vermutete, einige Familienmitglieder waren verärgert, weil es eine ziemliche Reise war, wenn sie tatsächlich an der Hochzeit teilnehmen wollten. Unsere engsten Familien kamen und einige andere. Der Rest würde an unserer nachfolgenden Zeremonie und Party zur nächsten Wintersonnenwende teilnehmen.

Für jetzt konnte ich den Frühling kaum erwarten. Als ich die Straße entlangging, sah ich Liam an genau der Ecke stehen, wo ich ihn zum ersten Mal gesehen hatte, als ich letzten Sommer nach Charm Cove zurückkehrte. Wieder lehnte er an einem Granitpfeiler, der die Ecke von Charming Way markierte.

Die Zwillinge rannten voraus und hüpften mit ihren Tüten voller Ahornbonbons. Ich blieb neben ihm stehen. Seine Lippen verzogen sich zu einem Grinsen, und ich fragte mich, ob ich verrückt war oder ob Schicksal wirklich existierte.

———

Danke, dass du The Great Maple Caper! Wenn du Updates zu meinen Neuerscheinungen und anderen Neuigkeiten erhalten möchtest, melde dich für meinen Newsletter an: subscribepage.io/sTrNBG

Für mehr Unfug, Magie und Chaos in Charm Cove, blättere weiter für einen Vorgeschmack auf Oopsy Daisy, das nächste Buch in der Wicked Good Mystery Serie!

AUSZUG: OOPSY DAISY

MOIRA WICKED

Der Frühling war mit voller Wucht hereingebrochen. Egal wie oft ich den Frühling in Charm Cove, Maine, erlebte, der schnelle Wechsel zu wärmerem Wetter erstaunte mich immer wieder. Von eisigen Nächten und kühlen Morgen, an denen die Sonne den Frost auf dem Gras zum Schmelzen brachte, wechselten wir plötzlich zu aufblühenden Blumen überall. Die Tage wurden länger mit dem Zauber des Sonnenaufgangs, und die Sonnenuntergänge wurden noch herrlicher. Die salzige Brise vom Atlantischen Ozean war im Frühling immer noch etwas kühl, aber bei weitem nicht so erfrischend wie im Winter.

Eines Nachmittags verließ ich die Arbeit und überquerte den Stadtpark zu meinem Auto. Sobald die Touristensaison in unserem geschäftigen kleinen Städtchen begann, parkte ich in dem Bereich, der nur für Geschäftsinhaber reserviert war. Wir zogen es vor, die Parkplätze hinter dem Laden für die Touristen freizuhalten, die zu Persnickety Potions & Gifts kamen. Wir waren sicherlich noch nicht auf dem Höhepunkt der Touristenzeit, aber es wurde allmählich geschäftiger.

Gerade als ich etwa in der Mitte des Parks war, blies ein Windstoß ein Gänseblümchen durch die Luft, das auf meiner Schulter landete. Ich pflückte es ab und lachte leise. »Na, das ist seltsam«, murmelte ich vor mich hin.

Ich dachte mir nichts dabei und ging weiter. Als ich den Gehweg auf der anderen Seite des Parks überquerte, fiel ein weiteres Gänseblümchen vom Himmel.

Okay, das ist noch seltsamer.

Als ich mein Auto erreichte, war ich überrascht, ein Gänseblümchen auf der Windschutzscheibe zu sehen. Das war nicht mehr nur seltsam oder komisch, sondern regelrecht verrückt. Ich schüttelte den Kopf und schob es auf einen eigenartigen Nachmittag.

Drei weitere Gänseblümchen landeten auf meiner Windschutzscheibe, während ich nach Hause fuhr. Sie prallten gegen das Glas und wurden dann weggeweht. Obwohl ich alles über Magie wusste und fest an ihre Existenz glaubte – immerhin war ich eine Hexe und hatte selbst jede Menge eigene Kräfte – entschied ich mich für die realistischste Erklärung. Jemand musste Gartenarbeit gemacht haben und war dabei, den Abfall mit vielen Gänseblümchen darin wegzuschaffen. Das redete ich mir ein. Es war das plausibelste Szenario, das mir einfiel. Meine innere Erklärung wurde dadurch unterstützt, dass ich auf der restlichen Heimfahrt keine weiteren Gänseblümchen mehr sah.

Am nächsten Morgen schien die Sonne hell über dem Ozean, und Charm Cove präsentierte sich wie üblich als malerisches, bezauberndes kleines Städtchen entlang der felsigen Küste von Maine. Ich beendete gerade mein Frühstück und trank meinen Kaffee mit Liam Good, meinem Verlobten.

Es war ein ganz gewöhnlicher Morgen. Das heißt, bis mein Kater Ghost durch seine Katzenklappe von der hinteren Veranda hereinstürmte – mit zwei Gänseblümchen im Maul und einem weiteren, das in seinem Halsband steckte. Ghost, ein normalerweise würdevoller Kater, der es irgendwie schaffte, immer strahlend weißes Fell zu haben, obwohl er die meisten Tage frei draußen herumtollte, sah mit den Gänseblümchen regelrecht beleidigt aus.

Ich sah zu Liam und bemerkte: »Ich nehme an, er hat die Gänseblümchen gefangen, weil er wütend auf sie war.«

Als wolle er meinen Punkt beweisen, ließ Ghost die Gänseblümchen auf den Boden fallen und schüttelte dann seinen Kopf, um zu versuchen, die Blume loszuwerden, die in seinem Halsband steckte.

»Das ist so merkwürdig. Gestern Abend, wie ich dir schon erzählt habe, gab es diese Gänseblümchen, die vom Himmel heruntergeweht wurden. Hast du welche gesehen?«

Liam erhob sich von dem Hocker, auf dem er an der Küchentheke gesessen hatte, umrundete sie und stellte seine leere Kaffeetasse in die Spüle. Sein schwarzes Haar war noch feucht von seiner Dusche, und seine blauen Augen leuchteten im frühen Morgenlicht. Er schüttelte den Kopf. »Nein, aber ich bin gestern auch früher nach Hause gekommen als du.«

Ich stand auf und ging in Richtung der Veranda mit Fliegengitter. Ich öffnete die Tür und trat hinaus, um Gänseblümchen *überall* zu finden. Ich hörte Liam hinter mir kommen, die Fliegentür schwang zu, als er auf die Terrasse trat.

»Wow«, sagte er.

»Was in aller Welt geht hier vor?«, rief ich aus.

Die gesamte Terrasse jenseits des Fliegengitters war mit Gänseblümchen bedeckt, ebenso wie der Rasen hinter dem Haus bis zum Atlantischen Ozean. Charm Cove lag etwa in der Mitte der Küste von Maine.

Das Kutschenhaus, das ich mit Liam teilte, stand auf einer Klippe mit Blick auf den Ozean. Gänseblümchen bedeckten den Boden bis zur Klippe. Jenseits der Klippe konnte man sehen, wie sie am Rand des Wassers umhergewirbelt wurden und sich knapp über die Brandung hinaus erstreckten. Gänseblümchen waren über die Oberfläche des schieferblauen Ozeans verstreut, die Sonne warf Funken auf dem Wasser zwischen ihnen.

»So viel zu meiner Theorie von gestern, dass jemand bei der Gartenarbeit etwas zu enthusiastisch geworden sein muss«, murmelte ich.

Liam kicherte. »Oh, das würde ich auch sagen.«

Als ob sie zustimmen wollten, fielen ein paar Gänseblümchen vom Himmel, eines landete auf meiner Schulter und zwei weitere flatterten auf die Terrasse.

———

Später am Morgen, nach ein paar Anrufen in ganz Charm Cove, wussten wir nur, dass es überall Gänseblümchen gab. Vom Himmel regnete es buchstäblich Gänseblümchen. Es kam in kleinen Schüben mit Schwärmen der liebenswerten Blumen, die zufällig vom Himmel fielen.

Mit Touristen, die die Bürgersteige und Geschäfte füllten, hörte ich den ganzen Morgen lang nur Gänseblümchen, Gänseblümchen, Gänseblümchen und nochmals Gänseblümchen. Bei Persnickety Potions & Gifts, dem kleinen Laden, den ich für meine Familie in Charm Cove führte, gab es einen stetigen Strom von Kunden, von denen viele Gänseblümchen vom Bürgersteig aufhoben und sich hinters Ohr steckten oder in ihr Haar flochten. Die ganze Zeit über summten die Kommunikationsleitungen zwischen den verschiedenen Hexenfamilien in Charm Cove per Telefon, SMS und persönlich.

Als die Mittagszeit kam, trat ich auf den Bürgersteig hinaus. Persnickety Potions & Gifts lag am Charming Way, einer der belebtesten Straßen in der Innenstadt. Direkt gegenüber lag der Stadtpark, mit dem Wicked Way auf der gegenüberliegenden Seite.

Charm Cove war eine typische Neuengland-Stadt mit niedlichen kleinen Geschäften, alten Kolonialhäusern und einer kleinen Innenstadt, die um den Stadtpark herum gebaut war. Es war wie üblich charmant an diesem Mittag eines Frühlingstages, mit Ausnahme der Gänseblümchen, die die gesamte Innenstadt bedeckten. Es war definitiv diskutabel, ob das den Charme verstärkte oder nicht.

Als ich mich umsah, fiel ein Schwall Gänseblümchen vom Himmel, einige landeten in meinem Haar. Ein Mann, der mit einer Kamera die Straße entlangspazierte, hielt inne und machte schnell ein Foto von mir. Ich erkannte ihn nicht, aber ich musste nicht lange darüber nachdenken, wer er war, als er neben mir anhielt.

»Hallo, ich bin Reporter von der *Maine News & Gazette*. Charm Cove ist heute Morgen in allen Nachrichten. Würde es Ihnen etwas ausmachen, mir ein Interview zu geben?«, fragte er.

Ich war ein wenig verblüfft über den Anblick der Gänseblümchen überall und versuchte immer noch zu begreifen, was zum Teufel hier vor sich ging.

»Übrigens, mein Name ist Dale. Dale Anderson«, fügte der Mann hinzu.

Mit einem mentalen Ruck konzentrierte ich mich auf ihn. »Guten Morgen. Sind Sie gerade erst heute Morgen hierher gefahren?«, fragte ich.

»Oh ja. Ich bin aus Portland heraufgefahren und vor etwa einer halben Stunde angekommen. Ich bin durch die ganze Stadt gefahren. Überall sind Gänseblümchen.«

»Wo fangen sie an?«, fragte ich.

Da ich heute Morgen nur innerhalb der Stadtgrenzen unterwegs gewesen war, war ich ziemlich neugierig zu erfahren, wo dieser Gänseblümchensturm seinen Ursprung hatte.

»Ich bin auf der I-295 und dann auf der Route 1 heraufgekommen. Wenn man die Ausfahrt von der Route 1 nimmt, beginnen die Gänseblümchen. Es ist zuerst ein bisschen spärlich, aber sobald ich das Schild für die Stadtgrenze passiert habe...« Er hielt inne und kicherte. »Nun, da sind überall Gänseblümchen, genau wie hier«, erklärte er und gestikulierte mit seiner Hand.

Es gab *absolut* überall Gänseblümchen, wohin ich auch sah. Der stattliche Balsambaum in der Mitte des Stadtparks sah albern aus mit Gänseblümchen, die überall darüber drapiert waren, als wäre er für die Feiertage geschmückt.

»Das wird das Feuer bezüglich des Rufs von Charm Cove sicherlich weiter anfachen«, sagte er mit einem staunenden Kichern.

»Entschuldigung?«

»Nun, Sie müssen wissen, dass es Gerüchte gibt, dass Charm Cove voller Hexen ist«, erklärte er.

Ich unterdrückte einen Seufzer und hielt meinen Gesichtsausdruck bewusst neutral. Da ich *tatsächlich* eine Hexe war, zusammen mit meiner ganzen Familie, war ich mir des Rufs von Charm Cove wohl bewusst. Meine Familie, die Wickeds, hatten zusammen mit den Goods Charm Cove vor Jahrhunderten gegründet. Ursprünglich waren wir eine Stadt mit nichts als Hexen und Zauberern gewesen, aber wir hatten uns gut versteckt und lebten jetzt frei unter denen, die nicht mit übernatürlichen Kräften gesegnet waren. In Charm Cove lebten *immer noch* überwiegend Hexen und Zauberer, aber wir zogen es vor, das geheim zu halten.

Da unser niedliches kleines Städtchen nur existierte, weil unsere Vorfahren aus Salem, Massachusetts, im Vorfeld der Hysterie über Hexen geflohen waren, hatten wir hart daran gearbeitet, ruhig und friedlich zu leben. Hexen und Zauberer waren weitgehend eine Kraft des Guten in der Welt, aber die Menschen neigten dazu, das zu fürchten, was sie nicht verstanden. Kein Wortspiel beabsichtigt.

Obwohl es uns weitgehend gelungen war, unsere Existenz zu verbergen, gab es hartnäckige Gerüchte. Ein Haufen Gänseblümchen, die vom Himmel regneten, würden sicherlich nicht helfen, diese Gerüchte zu zerstreuen.

Copyright © 2025 Lucy May; Alle Rechte vorbehalten.

1-Klick : Oopsy Daisy

Wenn du Updates zu meinen neuen Veröffentlichungen und anderen Neuigkeiten erhalten möchtest, melde dich für meinen Newsletter an: subscribepage.io/sTrNBG

This Good Witch Mystery Serie
Wish Upon A Witch
A Stormy Spell
A Stitch of Magic
Bee Charmed
Lemon Tea Cozy Mysteries
Witch You Wouldn't Believe
A Spell to Tell
Witch is When it Gets Crazy